Début d'une série de documents
en couleur

MILLIONNAIRE

ET

BALAYEUR

D'APRÈS L'ALLEMAND DE HERCHENBACH

PAR

L'ABBÉ GOBAT

AVEC L'AUTORISATION DE L'AUTEUR

TOURS

ALFRED MAME ET FILS

ÉDITEURS

OUVRAGES DE LA MÊME COLLECTION

Format in-8° — 4e série

AGNELLE, par Mlle Marguerite Levray.
BLUETTE ET COQUELICOT, conte instructif pour les enfants, par Maurice Barr, illustration par Bertall.
CAPTIFS DE JUMIÈGES (LES), par Mme Julie Lavergne.
CATASTROPHES CÉLÈBRES (LES), par H. de Chavannes de la Giraudière.
CLÉMENCE DRÉCOURT, par Henri de Beugnon.
DANS UN VIEUX LOGIS, par Rémy d'Alta-Rocca.
DEUX CARACTÈRES (LES), par Albert de Labadye.
DEUX MOIS HEUREUX, par Mme d'Ast.
DRAPEAU DU RÉGIMENT (LE), par E. Castéga.
ÉCRIN DE PARABOLES, traduit de l'allemand par Charles André.
FILS DU PALUDIER (LE), par l'abbé J. Dominique.
FORTUNE DU PAUVRE (LA), par François Mussat.
HÉRITAGE DU COMTE DE MARCELLY (L'), par Th. Ménard.
JEANNE, par Mlle Mary Lacroix.
JULIEN MOREL, ou l'Aîné de la famille, par Mme Camille Lebrun.
KENNETH, par Mme Langlois.
LUCILLE, ou la Jeune artiste en fleurs, par Stéphanie Ory.
LYDIE DARTEL, histoire contemporaine, par Mme Julie Lavergne.
MICHEL MARION, par le comte de Saint-Jean.
MILLIONNAIRE ET BALAYEUR, d'après l'allemand de Herchenbach, par l'abbé Gobat, avec l'autorisation de l'auteur.
MON ÉVASION DES PONTONS, Épisode tiré des neuf années de captivité de Louis Garneray, peintre de marine.
NORA DE CEYRIAC, par Lucie des Ages.
PÊCHEUR CADELLE (LE), par Mme Madeleine Prabonneaud.
PETITS LAROCHE (LES), par Marthe Bertin.
RÉCITS DE M. JEAN-ANTOINE, par Mme Marie-Félicie Testas.
ROSE-DE-MAI, par Stéphanie Ory.
ROSE FERMONT, ou un Cœur reconnaissant, par Mme Vattier.
SCÈNES ET RÉCITS, par Jean Grange.
SOURIS, par L. Mussat.
TRÉSOR DU JEUNE AGE, traduit de l'allemand par Charles André.
UN COIN DES ALPES, par F.-A. Robischung.
UNE GERBE D'HISTOIRES, par Marie Franc.
UNE MISSION, par le général baron Ambert.
UN GARÇON PLEIN D'IDÉES, par Gaston Bonnefont.
UN PEU DE TOUT, récits variés, par Charles Dubois.
VEILLÉES DE LA GRAND'MÈRE (LES), par Marie Franc.
VIOLETTES DE ROME (LES), par Th. Lane-Clarke.
VOYAGE DANS L'INDE ANGLAISE, par J.-J.-E. Roy.
VOYAGE EN SICILE ET A MALTE.
WILHELM BURNER, par A.-E. de l'Étoile.

Tours. — Imprimerie Mame.

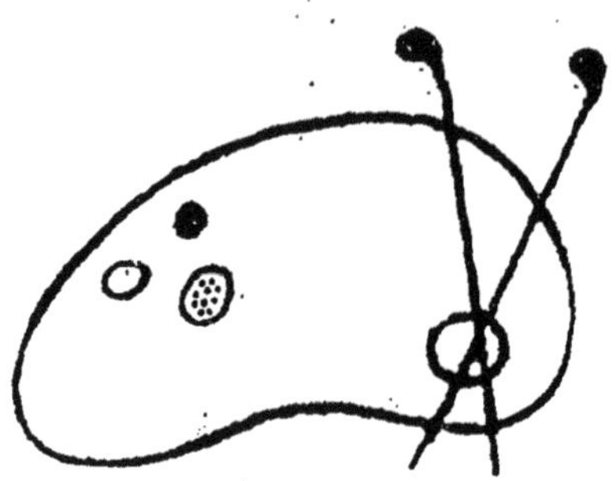

Fin d'une série de documents
en couleur

MILLIONNAIRE ET BALAYEUR

4e SÉRIE IN-8°

Bill Bullen le décrotteur.

MILLIONNAIRE

ET

BALAYEUR

D'APRÈS L'ALLEMAND DE HERCHENBACH

PAR

L'ABBÉ GOBAT

AVEC L'AUTORISATION DE L'AUTEUR

TOURS

ALFRED MAME ET FILS, ÉDITEURS

M DCCC LXXXIX

MILLIONNAIRE

ET

BALAYEUR

I

LE BALAYEUR DES RUES

Un jour Clifton Robertson, riche commerçant de la City, sortit très tard de son comptoir. D'ordinaire il le quittait plus tôt, car à Londres on a l'habitude de travailler dans les bureaux dès neuf heures du matin, pour fermer à cinq heures et venir passer la soirée en famille.

Il lui fallait donc une raison particulière pour motiver ce retard. En effet, une maison américaine venait de lui apprendre par télégramme qu'une spéculation hasardée avait tourné à son avantage.

Depuis plusieurs jours il attendait impatiemment cette nouvelle, dont dépendait son existence; et, si cette combinaison n'avait pas réussi, la maison Robertson eût fait faillite comme tant d'autres pendant la guerre de sécession.

Enfin la chance avait été pour lui, et le bénéfice se montait à un million. Un million! c'est bien vite écrit et bien vite prononcé; mais celui qui serait obligé de le compter en monnaie y consacrerait plus d'une semaine.

Le nouveau millionnaire avait encaissé ce brillant résultat avant la fermeture des bureaux, et comme une crise financière menaçait le commerce, il jugea plus prudent d'enfermer sa fortune dans ses caveaux et d'attendre des temps meilleurs.

Puis il s'était occupé d'autres affaires et avait expédié plusieurs lettres : c'est ce qui l'avait retenu si longtemps dans la City.

Bien que Robertson eût toujours été riche, il n'avait cependant jamais possédé un million. Un gain si prodigieux dépassait ses espérances les plus hardies. Il en était si préoccupé, qu'il ne pouvait penser à autre chose. Son imagination faisait danser devant lui les châteaux et les campagnes qu'il se proposait d'acheter, les fêtes et les festins qu'il allait donner.

Il venait de dépasser le Temple-Bar, cette porte célèbre que la reine d'Angleterre elle-même ne peut franchir sans en avoir humblement demandé la permission au lord maire. C'est là qu'il avait l'habitude de prendre un de ces cabs légers qui se glissent au milieu des voitures et des chars, comme un gamin de Paris à travers la plus grande foule. Mais aujourd'hui il ne prêtait nulle attention aux roulements des nombreux équipages dont la file serpentait dans les rues; son oreille, fermée aux bruits extérieurs, n'entendait plus que le mélodieux tintement des guinées. A la lumière des becs de gaz sous lesquels il passait, on pouvait voir sa figure souriante et ses yeux à demi fermés comme pour échapper aux impressions du dehors.

Le trottoir qu'il parcourait était si encombré, que, malgré son million, il reçut plus d'une bousculade et essuya mainte injure par suite de ses distractions. Aussi éprouva-t-il un vif plaisir lorsqu'il put quitter cette grande artère si houleuse et s'engager dans une rue latérale où la foule, moins bruyante, lui laissait la liberté de suivre tout à son aise les rêves de son imagination.

Les étrangers, en visitant Londres, sont frappés du contraste qui existe entre les centres populeux de la ville et les quartiers retirés. Tandis que dans le tourbillon des premiers on ne peut se faire comprendre que par signes, ici l'on ne rencontre que la solitude et le désert. Mais Robertson était trop absorbé pour s'apercevoir de cette différence.

En avançant machinalement dans une rue où ne circule guère que l'agent de police, il fut arrêté tout à coup par un petit garçon qui courait devant lui, un balai à la main, pour nettoyer le trottoir où il posait ses pieds. Il est vrai que ce travail était inutile, car le pavé était très propre. Mais si la vue du gamin, brossant avec un balai sans crin, excitait déjà la gaieté, on ne pouvait réprimer un sourire en l'examinant de plus près. Il n'avait guère que trois pieds de haut, et portait un vêtement d'une seule pièce, auquel on aurait pu donner le nom de fourreau : il s'y trouvait, en effet, entièrement cousu comme dans un sac.

Tout en courant et en revenant sur ses pas, il frottait continuellement le pavé avec son reste de balai, et ceux même qui connaissent les différents métiers des pauvres de Londres auraient été frappés de son activité. Mais Robertson, tout entier à son million, ne voyait rien de ce qui se passait autour de lui, et encore moins l'enfant, qui s'efforçait d'attirer son attention.

Ce dernier néanmoins ne semblait pas disposé à faire son travail pour rien.

« Le trottoir est bien sale, Monsieur, très sale! » s'écriait-il en s'approchant du négociant, au risque de se voir repoussé.

« Oui, il y a beaucoup de boue, mais Bill balaye pour Votre Honneur! »

Cependant, comme Robertson ne regardait ni

la boue ni le balayeur, celui-ci eut recours à un autre expédient.

En poussant un éclat de rire, il exécuta une pirouette et se cramponna au bras du promeneur, qui, furieux d'être si brusquement interrompu dans ses rêveries, secoua Bill loin de lui, en s'écriant exaspéré :

« Que fais-tu là, petit gibier de potence ?

— Monsieur, répondit le gamin avec hardiesse, je ne suis pas un gibier de potence : je balaye le trottoir devant Votre Honneur pour que vos bottes restent propres et que le penny que vous me donnerez ne tombe pas dans la boue.

— Va-t'en ! fit Robertson en le jetant de côté.

— Monsieur, je m'en irais volontiers si vous pouviez me dire qui payera mon travail et l'usure de mon balai. Je crois avoir bien travaillé pour deux pence. Deux pence, sir ! Pour moi, ce n'est pas une bagatelle, et je ne puis perdre cet argent.

— Tu es un effronté mendiant ! reprit Robertson; mais tu n'auras rien.

— Moi, un mendiant, Monsieur ! Vous savez mieux que moi qu'un Anglais ne mendie jamais, tant qu'il peut travailler. »

Les plaisanteries et les reparties de Bill trahissaient l'esprit d'un homme plutôt que celui d'un enfant. Elles firent plaisir à Robertson, et la dernière remarque flatta tellement son orgueil national, qu'il fixa involontairement les yeux sur le jeune balayeur des rues.

Ce fut pour Bill une heureuse chance, car Robertson, à l'aspect du fourreau collant, ne put s'empêcher de rire aux éclats.

Bill, à son tour, crut ne pouvoir mieux faire que de partager l'hilarité du monsieur, et tous deux se livrèrent à un tel accès de gaieté, que plusieurs passants s'arrêtèrent à les regarder, en riant aussi sans savoir pourquoi.

Robertson, que la joie avait disposé à la générosité, mit une pièce d'or dans la main du balayeur. Celui-ci, croyant que c'était un penny, le glissa rapidement dans une bourse cousue sur sa poitrine.

Puis notre petit homme se planta devant le négociant avec une gravité comique et lui dit :

« Est-ce pour le balayage, Monsieur ?

— Oui, petit espiègle, pour le balayage.

— Tant mieux; mais vous n'avez pas encore payé l'appui que je vous ai donné en riant avec vous, reprit l'enfant avec un grand sérieux. Si vous vouliez bien me récompenser pour cela, vous m'aideriez à établir un petit commerce d'allumette; j'y tiens beaucoup; cette vente procurerait un souper à ma mère. »

Robertson fronça les sourcils; un mot sévère se trouva sur ses lèvres, mais bientôt son front se dérida :

« N'ai-je pas eu du bonheur? murmura-t-il;

pourquoi ne donnerais-je pas une riche aumône? »

Une seconde pièce d'or prit le chemin de la poche de Bill, et Robertson continua sa route.

Sir Robertson.

« Monsieur, lui cria Bill, vous avez mis une grosse somme dans mon commerce, je l'inscrirai dans le livre de mon cœur. Si un jour vous avez besoin d'aide, demandez à l'agent de police de Charing-Cross où reste Bill Bullen, et je vous aiderai de mon dernier penny. »

Robertson ne put retenir un sourire à cette saillie plaisante, quoiqu'un peu téméraire, du jeune garçon. C'était assez risible, en effet, d'entendre ce petit mendiant offrir son aide à un millionnaire.

« On voit que ce gamin, malgré sa petite taille, a au moins quatorze ans, se dit le négociant. La misère et les privations, en retardant sa croissance, ont éveillé son esprit. Ce n'est pas rare chez ces êtres chétifs; mais celui-ci a un bon sens bien développé. Il deviendra un maître filou ou un homme habile; ce serait une bonne œuvre de l'aider à sortir de cette fange. »

Cette heureuse idée, Robertson aurait dû l'exécuter sur-le-champ; mais ses pensées s'envolèrent vers son trésor, et il oublia le balayeur.

Bill n'avait pas entendu ce monologue; il eût été trop flatté de louanges si favorables. Il faisait comme Robertson : l'un s'occupait de son million, l'autre de l'aumône reçue. Le balayage ne lui ayant rien rapporté toute la soirée, Bill voulut essayer la vente des allumettes, comme le font tant d'autres enfants. Il se dirigea donc vers Norfolk-Street pour faire son achat, calculant déjà d'avance le profit probable qu'il en retirerait, puisqu'il avait remarqué que souvent l'on pouvait vendre vingt fois la même boîte.

Bientôt il se trouva dans la foule animée des quais; mais la cohue ne l'intéressait guère, et il allait tourner l'angle du square quand un groupe de petites filles fixa son attention : elles faisaient le commerce qu'il voulait entreprendre.

Au milieu de ces enfants se dressait une femme aux traits pâles et amaigris, qui levait sur les passants des regards à demi éteints, tandis que les mains des petites filles offraient différentes marchandises.

La plupart traversaient la place sans jeter les yeux sur ce groupe suppliant, sur cette misère si digne de pitié. Parfois un étranger, attiré par cette industrie en plein vent, s'arrêtait par curiosité, et mettait une pièce de monnaie dans la petite main, mais ne prenait pas l'objet qu'elle lui tendait.

Alors un rayon de joyeuse reconnaissance glissait sur le visage de la pauvre femme, et Bill lui-même, qui n'avait cependant rien de commun avec cette famille, remerciait en secret le donateur et faisait à la mendiante un signe de tête amical.

Mais peu à peu la vente se ralentit. Vainement les enfants se dressaient sur la pointe des pieds pour crier : « Des allumettes! achetez des allumettes! » personne ne se laissait plus attendrir.

Cette insensibilité irrita notre balayeur. Oubliant sa propre misère, il résolut de venir en aide à la pauvre femme. Et il en avait les moyens, comme nous allons le voir.

Bientôt un gros monsieur vint se placer tranquillement devant le groupe, sur lequel il promena son lorgnon.

« Des allumettes! achetez des allumettes! » crièrent les enfants, mais le spectateur restait indifférent : il faisait une étude de mœurs et ne semblait pas disposé à favoriser le commerce.

Alors Bill le tira par sa redingote en criant de toutes ses forces :

« Achetez des allumettes! »

L'étranger se retourna tout étonné.

« Que veux-tu? dit-il, je comprends pas.

— Ah! fit Bill, Monsieur est sans doute Français! Monsieur a traversé le canal! Monsieur doit avoir besoin d'allumettes. On dit que les Français fument presque autant que les Allemands...

« Gentleman! ajouta-t-il d'un ton plaintif, de l'argent! de l'argent pour les petits enfants! »

En même temps il approchait son doigt de la bouche d'une des petites filles pour indiquer qu'elle n'avait pas mangé.

Le Français ne comprenait pas ou ne voulait pas comprendre, et Bill épuisait toutes les ressources de sa pantomime sans obtenir de résultat.

Peu à peu il s'était formé autour du balayeur un rassemblement qui se mit à rire des gestes désespérés qu'il faisait pour engager l'étranger à donner quelque chose.

Celui-ci, voulant échapper aux moqueries, jeta un demi-schelling dans la main de la femme et s'éloigna rapidement.

Aussitôt les autres voulurent en faire autant, mais Bill leur barra le passage en criant :

« Halte-là! cette femme tient un petit commerce, et sa marchandise est bonne : achetez des allumettes! »

Ses plaisanteries et ses exercices d'acrobate retinrent les spectateurs, dont plus d'un lui donna une pièce d'argent.

« Voilà une bonne recette! se dit-il; je vais mettre toute mon habileté en jeu pour la rendre plus fructueuse. »

Et il redoubla ses pirouettes et ses tours de force. Mais ce qui eut le plus de succès fut son art de ventriloque, que des bateleurs lui avaient enseigné aux théâtres du quai; il s'y entendait à la perfection.

Cette voix étrange et creuse sortait tantôt des gouttières, tantôt des candélabres ou de la poche de ceux qui l'entouraient.

L'argent pleuvait autour de lui. Il regardait tomber les petites pièces de monnaie en faisant claquer sa langue en signe de satisfaction.

« Vraiment c'est un bon état que celui de ventriloque, répétait-il à voix basse; il faudrait en faire un métier, mais Bill Bullen ne veut pas se dégrader : ce n'est ni un travail ni un commerce. »

Enfin il s'arrêta épuisé, et, s'adressant à la cantonade :

« Messieurs, dit-il, la représentation est terminée. Je vous remercie de vos applaudissements et de votre bon salaire. »

La foule se dispersa, tandis que Bill ramassait la monnaie, qu'il contemplait avec plaisir.

La femme aux allumettes le regardait d'un œil attristé, et ne pouvait retenir ses soupirs en voyant la chance du jeune garçon.

« Oh! si j'avais tout cela, se disait-elle, combien cela ferait du bien à mes enfants! »

Nous ne savons si Bill devina ses pensées, mais au même instant il se tourna vers elle :

« Je vous ai fait du tort avec mes folies, ma bonne femme, lui dit-il; si je n'avais pas détourné l'attention du public, tout ce monde vous aurait acheté quelque chose. Prenez donc cet argent, il vous revient de droit. »

Il lui remit la somme et disparut avant qu'elle pût le remercier.

Arrivé près du magasin où il voulait faire ses emplettes, Bill tira de sa poche l'aumône de Robertson et alla sous un des nombreux becs de gaz pour examiner de quoi se composait son capital.

En voyant l'or scintiller à la lumière, un sourire joyeux illumina ses traits.

« Voici un fameux cadeau, s'écria-t-il; avec cela on peut commencer une affaire et acheter une charretée d'allumettes. Oh! oh! Bill, que tu es heureux! »

Mais bientôt sa joie fit place à une expression de regret.

« Hélas! tout mon commerce est en fumée, dit-il tristement. Ce monsieur s'est trompé et m'a donné plus qu'il ne voulait. Quel dommage que ce ne soient pas des schellings! Je pourrais au moins supposer qu'il avait l'intention de me payer comme un prince... Mais des pièces d'or!... ce serait un péché de garder cette somme...; il faut la rendre... Comment retrouver son propriétaire? Je pourrais courir pendant une semaine de Fleet-Street à Trafalgarsquare sans le rencontrer. Londres est si vaste, qu'on peut y mourir avant de revoir une seconde fois un homme si généreux. »

Il remonta la rue de mauvaise humeur; mais plus il avançait, plus la foule diminuait, et s'il balayait devant un promeneur solitaire, il recevait des injures au lieu d'une piécette. Jamais son métier ne lui avait autant rapporté que ce jour-là, et jamais cependant Bill n'était rentré si pauvre à la maison.

« Quelle malechance, murmurait-il, je reviens sans avoir même un morceau de pain pour ma mère... Si je retournais sur mes pas pour faire le ventriloque à mon profit? Mais non, cela sent trop le bateleur, et ma mère ne peut le souffrir... Elle ne voudrait pas accepter le pain gagné de cette façon. Hélas! le balayage ne vaut guère mieux. »

Plusieurs fois déjà il avait eu des moments où son métier lui semblait toucher à la mendicité. Souvent il s'était dit qu'on lui donnait trop pour ce qu'il faisait. Aujourd'hui, il le comprenait mieux encore, et dès lors il résolut d'abandonner cet état pour entreprendre quelque chose de plus utile et de plus lucratif.

Tout en faisant ces réflexions, il entrait dans un quartier où l'étranger n'aurait plus reconnu la bruyante cité de Londres. On n'y entendait rien : c'était comme un désert dans cette ville de deux millions d'âmes. De distance en distance brûlaient de petits becs de gaz qui éclairaient les misérables masures servant de refuge à l'indigence. Quelques étroites fenêtres, aux vitres salies, laissaient filtrer une faible lumière; toutes étaient plus ou moins bouchées par des chiffons ou du papier.

Dans cette rue de la pauvreté il y avait pourtant des tavernes où la misère trompait ses souffrances par le brandy et le gin, où mendiants et mendiantes dissipaient le gain de la journée en sauvages orgies.

Bill passa en courant; il n'était pas tenté d'aller dans ces bouges, qui donnent au nourrisson même de l'eau-de-vie au lieu de lait. Bien qu'élevé dans les plus grandes privations, bien qu'il fût habitué à voir le vice autour de lui, son cœur était resté sans souillure, et Bill mêlait à sa gaieté intarissable un sentiment de justice et de crainte de Dieu que l'on ne pouvait assez admirer. En quelques bonds il fut loin des tavernes; et, malgré les ténèbres qui l'enveloppaient, il continua sa marche sans faire un faux pas, car chaque pierre lui était aussi connue que les brillants magasins de Charing-Cross.

II

PLACEMENT DE CAPITAL

Bill était arrivé. Après avoir traversé un long corridor noir, il descendit l'escalier humide et entra sous une voûte extrêmement sombre. Dans un coin l'on entendait un bruit d'aiguilles à tricoter.

« Oh! ma mère, s'exclama-t-il, tu tricotes de nouveau sans y voir clair! c'est sans doute pour ne pas user trop vite le bout de chandelle que j'ai trouvé hier dans le ruisseau.

— Est-ce toi, Bill? demanda une faible voix. Tant mieux! je vais allumer la lumière à présent, car j'ai bien faim. »

A la lueur qui dissipait un peu l'obscurité, on distinguait une cave basse où l'eau suintait des murailles. Une table branlante à trois pieds, un tabouret vermoulu sur lequel était assise la mère de Bill, une botte de mauvaise paille servant de couche aux deux personnes : c'était là tout l'ameublement de ce taudis.

L'enfant, d'habitude si gai et si content, s'approcha en silence, les yeux tristement baissés.

« Ne te fâche pas, mère, dit-il tendrement, je reviens avec de grandes richesses, et néanmoins j'ai les mains vides. Tu as faim, et je ne puis rien t'offrir pour ton souper. »

Elle le regarda douloureusement d'un air interrogateur, en laissant tomber son bras et en joignant les mains.

« Rien, Bill, rien du tout? demanda-t-elle, tandis qu'une grosse larme coulait le long de ses joues. Est-ce possible, mon enfant? N'y a-t-il plus de pitié à Londres ? »

Bill rendit compte de sa journée, mais sans parler du service qu'il avait rendu à la pauvre mendiante du square de Norfolk-Street.

« Tu as raison, dit sa mère, quand il eut terminé son récit, tu reviens avec de grandes richesses, mais tes mains sont vides ; nous ne pouvons pas garder les deux pièces d'or.

— Oh ! pour cela, nous n'aurons pas de discussion, répondit Bill; il faut qu'elles retournent à leur propriétaire, quoiqu'il soit difficile de le retrouver. Mais en attendant tu n'as rien à manger.

— Et toi, es-tu donc rassasié, Bill?

— Non, mère, pas aujourd'hui; mais je suis encore jeune et peux le supporter plus facilement. Et puis mon habit me serre la poitrine et laisse peu de place à la faim. Mais où trouver quelque chose pour toi ?

— O Bill! j'irai bien encore jusqu'à demain.

— C'est ce que tu dis sans cesse. Cependant cela ne peut pas aller toujours ainsi. N'est-ce pas assez pénible déjà de rester assise toute la journée dans cette cave? Cette humidité continuelle a raidi et paralysé tes membres, et tu tricotes encore pour ne pas mourir de faim. Si seulement je pouvais changer ta situation!

— D'où vient ce découragement subit, mon cher enfant?

— Ah! ce n'est pas d'aujourd'hui; il y a longtemps qu'il existe. Je m'efforce, il est vrai, d'être gai et de plaisanter, parce que les pleurs et les plaintes ne servent à rien, mais au fond de mon cœur c'est tout autre chose. Si j'étais seul, tout cela me serait égal; mais pour toi! »

Bill éclata en sanglots, et sa mère ne put le calmer par ses paroles affectueuses.

« Ne t'inquiète pas de moi; mes vieux membres sont aussi secs que du bois, et mon estomac est depuis longtemps habitué aux repas irréguliers.

— Cependant je n'apporte que rarement le peu qu'il faut pour nous entretenir, » répondit Bill avec tristesse. La mère souffla la chandelle et continua à tricoter en silence.

Ce n'était pas l'économie qui lui faisait éteindre

la lumière : elle voulait cacher à son enfant les pleurs qui mouillaient ses paupières et que la faim lui arrachait. Bill en aurait doublement souffert. Mais son fils avait vu ces larmes furtives et savait qu'elles coulaient maintenant avec abondance.

Après être resté quelque temps muet, il reprit :

« C'est fini du balayage, j'en suis dégoûté. Il rapporte trop peu et n'est vraiment qu'une mendicité déguisée qui fait rougir un honnête homme. Du reste, mon vieux balai n'a plus de crins; c'est trop ridicule de me voir balayer avec un bâton. J'ai déjà eu la pensée d'entreprendre quelque chose d'utile, qui me donnât le droit de réclamer un salaire. Par malheur, les pauvres gens comme nous ont peu d'occasion de s'en tirer honnêtement en travaillant. Mais je ne veux pas être difficile; monter d'abord d'un degré, puis d'un autre, et peu à peu arriver à un but lucratif : telle est mon ambition. Pourquoi ne réussirais-je pas? Je vais tenter demain le métier de décrotteur, si je suis assez heureux pour pouvoir me procurer les ustensiles nécessaires. »

La mère était silencieuse.

« La concurrence est grande, il est vrai, continua Bill, mais je gagnerai bien de quoi nous nourrir. Demain je serai de nouveau joyeux, et je poursuivrai les passants jusqu'à la Bourse et au Parlement. Dieu veuille qu'il pleuve beaucoup

2

ces jours-ci ! Il ne peut, en effet, rien m'envoyer de plus favorable que la boue pour commencer mon métier. Il le fera bien certainement; c'est en son pouvoir, et il peut le permettre sans que personne en souffre. Il fera pleuvoir à torrents sur Londres; et le soleil brillera dans la campagne pour que les pommes de terre des fermiers ne pourrissent pas.

— Pauvre garçon ! dit la mère en sanglotant. Dieu te récompensera pour le dévouement que tu me témoignes.

— N'en parlons pas; si Dieu nous récompense un jour, il commencera par toi, comme de juste, et tu partageras volontiers sa bénédiction avec moi. Chacun de nous aura sa part. »

Bill et sa mère se mirent à genoux pour se recommander à la divine Providence, et se couchèrent enfin sur la paille à demi pourrie. La faim les empêchait de dormir, mais tous deux s'efforçaient de se tromper l'un l'autre. Bill commença à ronfler bruyamment, ce qui rassura la pauvre femme, tandis que son enfant avait le gosier desséché.

Le lendemain de bonne heure, Bill courait déjà à travers la City pour ramasser dans sa hotte ce qu'il trouvait dans les ruisseaux et sur le pavé, s'arrêtant devant les corridors qu'on nettoyait, fouillant minutieusement les balayures pour chercher ce qui avait échappé aux servantes. Ses yeux perçants découvraient des trésors : bouts de ficelle, os, peignes cassés, dés écrasés, tout était bon; il en remplissait sa vieille hotte, qui contint bientôt les choses les plus hétérogènes. Bill remerciait le Ciel de sa récolte.

Parfois une âme compatissante lui donnait un objet encore trop bon pour être jeté, trop mauvais pour être gardé. C'étaient des cruches, des bouteilles sans goulot, des vitres brisées, des pantoufles éculées, des boutons, des tasses fêlées et d'autres débris de ménage.

Deux heures après, il allait partir avec sa hotte pleine, quand il se souvint de nouveau que sa mère avait faim.

« Mendier est honteux, se dit-il, je ne le ferai pas; cependant il faut qu'elle ait à déjeuner. Je vais porter mes trouvailles chez le vieux, il m'en donnera bien quelques pence. Je puis attendre encore un jour pour me faire décrotteur.

Pendant qu'il se livrait à ces pensées, un chien s'élança d'une maison un morceau de pain blanc dans la gueule.

Bill se jeta au-devant du voleur :

« Mon ami, lui dit-il, tu ne vaux pas mieux que beaucoup de grands seigneurs qui ont une conscience large. Je n'aurais pas cru ta noble nature capable de ce larcin. Mais, puisque tu respectes si peu le bien d'autrui, tu attraperas un déjeuner plus facilement que Bill Bullen, qui a toujours vécu dans la persuasion que le vol n'est pas permis. »

Cette attaque imprévue fit peur au gros chien, qui aurait aisément emporté l'enfant. L'animal laissa tomber le pain, et Bill allait y mordre à belles dents, quand tout à coup il se frappa le front en disant :

« Bill Bullen, que dois-je penser de toi? Tu n'es pas meilleur que le bouledogue! Va plutôt dans cette maison et demande... C'est bon, c'est bon, se répondit-il, je ferai ce que je crois juste. »

L'habitant du rez-de-chaussée, à qui le chien venait de faire une visite si matinale, avait remarqué l'action chevaleresque de Bill et entendu les reproches que celui-ci s'adressait.

Il sortit devant sa porte.

« Sir, dit Bill, un effronté voleur à quatre pattes a enlevé ce pain à votre cuisinière. J'ai été assez heureux pour le lui arracher, mais j'aurais presque commis la même faute en me rappelant que je n'ai pas déjeuné. Le proverbe dit : « Bien mal acquis ne profite guère; » peut-être aurais-je eu encore plus faim après l'avoir mangé. Reprenez-le donc, si les dents du chien ne vous inspirent pas de dégoût; nous autres, nous n'y faisons pas attention.

— Garde-le, reprit le monsieur, il est assez grand pour apaiser ta faim toute la journée. Prends en outre ce schelling pour ta probité.

— Sir, je n'espérais pas rencontrer un cœur si bienfaisant à Hyde-Park, encore moins à Charing-Cross. »

Il ne put s'empêcher de placer plusieurs de ses plaisanteries, mais ses yeux se mouillèrent de larmes. Cependant le sourire revint bientôt sur ses lèvres, en pensant au plaisir que ce pain ferait à sa mère.

« Le jour commence bien, dit-il en riant. Allons vite chez Joanny Smith. J'ai du pain et de

Joanny Smith.

l'argent, le vieux ladre sera bien obligé de me fournir quelques ustensiles. »

Il reprit gaiement sa course, et arriva tout essoufflé dans la rue des Fripiers, où chaque maison renferme un magasin de bric-à-brac. Les marchands se nomment antiquaires, mais font commerce des choses les plus incroyables. On ne voit chez eux aucun objet qui soit neuf ou dont un homme sans prétention puisse se servir. Tout ce que l'on peut dire de ces articles, c'est que l'un est plus mauvais que l'autre. Et cependant les tasses cassées, les moitiés de peigne, les bouts de ficelle, les brosses à dents hors d'usage, les chaises sans dossier, les épingles sans tête trouvent toujours des acheteurs.

Bill entra dans une de ces maisons et plaça sa hotte sur le comptoir couvert de poussière.

« Déjà debout ! demanda l'honorable Joanny Smith, propriétaire du magasin; voyons ce que tu apportes. »

Bill étala ce qu'il avait dans sa hotte en cherchant à donner à sa marchandise un air séduisant. Smith riait sournoisement :

« Ne te donne pas tant de peine, fit-il, tu ne me tromperas pas.

— Honorable Joanny, répondit l'enfant, je suis loin d'avoir une si mauvaise intention, mais vous avouerez que je ne me défais pas de ces objets sans douleur.

— Pas sans douleur, tête folle? et pourquoi donc?

— Vous me le demandez, Joanny? Ah ! vous n'êtes qu'un homme d'argent. Toutes ces choses ont peu de valeur pour vous. Et voyez pourtant, cette brosse a son histoire; si elle pouvait parler, elle décrirait les déserts de l'Afrique, les combats qu'elle a soutenus quand elle était encore une défense d'éléphant. Elle vous dirait les tempêtes et les dangers au milieu desquels elle a passé avant d'atteindre cette île pour devenir une brosse à dents sous les mains d'habiles ouvriers.

— Mais, Bill, ce n'est pas de l'ivoire, ce n'est que de l'os.

— Ce n'est pas de l'ivoire? je l'ignorais. Comment m'a-t-on trompé ainsi? Quelle pensée avait donc celui qui l'a jetée? C'est dommage vraiment que ce ne soit pas de l'ivoire, mais tant pis! Je l'ai ramassée devant une demeure princière; auparavant elle s'étalait sur une riche table de toilette; elle a entendu mainte conversation que les personnes intéressées ne raconteraient pas pour dix livres sterling, et elle a sans doute nettoyé des dents qui ont mangé plus de plum-puddings que je n'en ai jamais vu. Mais je ne demande ni dix livres, ni même un seul plum-pudding. Je suppose que vous me ferez une offre généreuse... Ces cordons ont glissé peut-être dans les doigts délicats d'une lady de la plus haute aristocratie et...

— Si tu continues à babiller de la sorte, tu vas me dire toutes les probabilités qui ont eu ou auraient pu avoir lieu depuis la création du monde. Mais pense bien, Bill, que la culotte usée de Wellington lui-même n'est qu'un objet sans valeur, s'il ne se trouve pas justement un fou disposé à payer au-dessus de son prix le souvenir des jambes de Sa Seigneurie.

— Vous resterez toujours ce Joanny Smith qui n'a pas de cœur pour ce qui est grand et beau, ni pour les souvenirs historiques, et qui n'adore que les profits et le tant pour cent. Cependant, quand survient un acheteur, vous faites le gros dos, vous lui racontez les mêmes histoires et mentez plus que de raison... Dites-moi donc si, pour mes trésors, vous voulez me donner deux vieilles brosses à souliers qui puissent encore servir.

— Des brosses à souliers! c'est un balai que tu veux dire?

— Pas du tout. J'ai renoncé à ce métier-là; c'est fini, je monte d'un échelon.

— Bill Bullen, tu deviens orgueilleux; mais c'est ton affaire. Pourtant, si tu t'imagines que je vais te donner une paire de brosses pour tous ces brimborions, tu te trompes étrangement. Deux brosses et une boîte de cirage sont choses précieuses. Je me fais tort à moi-même en te disant : Ajoute un schelling à ta hotte; mais je sais faire un sacrifice pour Bill Bullen, le joyeux garçon.

— Vous êtes, en effet, la bonté même pour Bill Bullen, mais le pauvre diable ne peut donner que dix pence, parce qu'il doit acheter une tasse de lait pour sa mère.

— Ah ! fripon, répondit Joanny Smith, tu veux m'attendrir et me causer préjudice. Une mère qui a pour fils Bill Bullen n'a jamais faim.

— Écoutez, fit l'enfant avec un commencement d'indignation, les gens ont raison en disant que Joanny Smith est une sangsue qui bat monnaie avec la boue des rues. Enfin, c'est égal, vite les brosses et le cirage, voilà le schelling. »

Bill était déjà bien loin, que le brocanteur le suivait encore des yeux en murmurant :

« C'est un bon garçon, il réussira. Jamais il ne boit de gin; il court et travaille comme une fourmi, se jette dans le feu pour sa mère et souffre la faim pour elle sans se plaindre. Oui, il arrivera; il ira même plus loin que Joanny Smith, qui n'est pourtant ni paresseux ni imbécile. Seulement le gamin est trop honnête, beaucoup trop honnête. C'est bien beau, mais le monde veut être trompé. »

Bill s'empressa d'aller retrouver sa mère, lui remit le pain et revint dans les quartiers populeux. La place qu'entourent les grands édifices de la Bourse et des banquiers lui parut la meilleure pour son nouveau gagne-pain. Il n'aurait pu choisir, en effet, dans toute la ville de Londres un endroit où se presse plus de monde. Six rues y aboutissent, et il y a toujours un mouvement, une foule, un encombrement de voitures impossibles à décrire. Il faut le voir de ses propres yeux pour s'en faire une idée.

L'enfant se plaça près de la statue de Wellington qui se dresse au milieu du square, et regarde immobile cette fourmilière qui s'agite à ses pieds.

« Général, dit-il en regardant le guerrier, combien de pauvres enfants se sont déjà mis sous ta protection pour gagner quelques pence ! Qui peut le savoir? Sans doute tu l'ignores plus que les autres, car les grands personnages savent rarement ce que souffre un pauvre décrotteur. Maintenant tu dors du sommeil éternel, et un autre profite de tes millions. Dors donc sous le marbre glacé de la cathédrale de Saint-Paul, la mort nous rend tous égaux : Wellington et Bill Bullen sont à peu près sur la même ligne.

« Sans doute, avant qu'on nous élève des statues de marbre, il faut tâcher de s'en tirer; mais cela finira un jour, et si le bon Dieu nous range par lettre alphabétique, Bill Bullen sera bien avant Wellington. »

C'étaient là d'excellentes maximes; mais elles regardaient plutôt l'éternité que la vie temporelle, et n'avaient pas d'influence sur son nouveau métier. Il attendait ! il attendait ! Hélas ! pas une botte ne se posait sur les marches pour se faire nettoyer par Bill.

En voyant qu'aucun piéton n'était attiré vers lui, tandis que ses collègues accaparaient tous les clients, il quitta sa place et marcha directement vers un gros gentleman en extase devant la Bourse, et qui n'aperçut Bill qu'au moment où celui-ci le tira par le pan de son habit en lui disant :

« Vous êtes étranger, Monsieur; vous voudriez sans doute visiter l'intérieur de ce monument.

C'est facile, mais regardez vos bottes; vous ne pouvez cependant pas y porter la boue de Lincolns Imfield! Non, non, sir! Bill Bullen ne le permettra point. Tout Hollborn me montrerait du doigt; tout Cheap-Side ne me le pardonnerait jamais et dirait avec raison: Bill Bullen n'a pas de savoir-vivre; c'est la honte de la City. »

Avant que le gentleman eût compris ce que signifiait ce long discours, Bill s'était mis au travail. L'étranger, dont la chaussure avait réellement besoin d'un coup de brosse, et qui voyait avec plaisir reluire ses bottes sous les efforts du décrotteur, s'amusa tellement de l'habileté du joyeux gamin, qu'il lui donna un bon salaire avant de monter le grand escalier de la Bourse.

Bill, mis en bonne humeur par ce résultat, fut inépuisable dans ses plaisanteries et fit ce jour-là d'excellentes affaires; l'argent pleuvait dans ses mains. Ceci augmenta naturellement sa gaieté, et il s'adressait de sérieux reproches.

« Bill, je te connais depuis longtemps; dis-moi donc, pour l'amour de Dieu, pourquoi tu as passé ton enfance à manier le balai. Je te l'ai dit souvent, tu n'es qu'un sot. Mais ne nous fâchons pas; tu l'as enfin compris, n'en parlons plus. »

Le petit décrotteur s'était fait plus d'un ami, mais il avait aussi beaucoup d'envieux. Ses collègues ne lui laissèrent pas ignorer qu'ils aimeraient à le voir ailleurs. Il fit peu de cas de leurs quolibets, encore moins de leurs yeux irrités, et ne se retira qu'à la fermeture de la Bourse et quand la foule se fut écoulée.

Tandis qu'il comptait sa recette, son visage rayonnait de bonheur à chaque nouvelle pièce qu'il retirait de sa poche, et il parlait assez haut pour être entendu des passants :

« Bill, Bill, je te le dis encore une fois, tu étais fou, vraiment fou de faire partie des balayeurs de Londres. Il faut que cela change. Bill Bullen va gagner de grosses sommes d'argent, et sa mère ne restera plus dans une cave. Hum ! hum ! continua-t-il, on dit que l'argent rend dur, injuste et cupide; en sera-t-il ainsi de toi? Si tu ajoutais les deux pièces d'or à ton capital ! Si tu gardais pour toi l'argent de ce monsieur que tu ne connais pas !... Ah ! ce serait mal, très mal. En tout cas, il vaut mieux éviter la tentation. On ne sait pas quelle puissance le démon peut avoir sur les hommes; le plus prudent est de s'en tenir à distance. »

Il quitta les marches du piédestal et se dirigea vers la banque. L'entrée en est permise à tout le monde; cependant jamais Bill n'avait osé s'y aventurer, sachant bien qu'on n'entrait sous ces hauts portiques que pour chercher ou apporter de l'argent. La fortune lui avait manqué jusque-là, mais aujourd'hui il possédait des capitaux à placer à la banque d'Angleterre; cette pensée lui donnait du courage. Il entra hardiment sous les portes où sont les inscriptions :

La banque d'Angleterre.

Entrée, Sortie. Ces deux mots si courts ne sont pas difficiles à lire; mais en Angleterre il y a peu de gens de la basse classe capables de les déchiffrer, l'école n'étant pas obligatoire et personne n'y allant sans y être forcé. Disons à l'honneur de Bill qu'il sait lire, grâce aux leçons de sa mère.

Tout à coup, arrivé dans la grande salle des payements, il fut témoin d'un spectacle qui aurait étonné bien des gens plus âgés que lui. Une foule d'employés, armés de pelles en fer, allaient, venaient, remuaient l'or comme on prend de la houille, puis l'entassaient sur une longue table comme un monceau de blé. Le tintement du métal assourdissait les oreilles; l'éclat de l'or éblouissait les yeux. Une heure auparavant, Bill s'était cru riche, très riche; mais à présent!... Son imagination, qui pourtant se livrait à des rêves hardis, n'aurait jamais pensé qu'il existât une semblable montagne d'or sur la terre. Il restait timidement debout, près d'un guichet derrière lequel un vieux monsieur traçait fiévreusement dans un grand livre de longues colonnes de chiffres.

Mais bientôt il retrouva son sang-froid et regarda ce qui se passait autour de lui. Des agents de police et des surveillants se promenaient dans le large corridor, examinant ceux qui entraient et sortaient. Ils avaient pour cela de bons motifs, car nulle part on ne rencontre autant de filous qu'à Londres.

Les nombreux secrétaires ne s'occupaient que de leurs clients, et c'était plus qu'ils ne pouvaient faire.

Il paraît cependant que, malgré leur indifférence pour les curieux dispersés dans ces salles immenses, Bill avait fait une certaine impression sur le vieil employé, qui le regardait par-dessus son livre. Soit que la figure intelligente de l'enfant l'eût frappé, soit qu'il se défiât de lui, il lui fit signe d'avancer :

« Veux-tu déposer un capital? lui dit-il.

— Oui, répondit Bill, je suis venu pour cela. Où puis-je remettre mon argent? »

L'employé sourit.

« Combien de schellings as-tu donc?

— Oh! ce ne sont pas des schellings, reprit l'enfant, mais de l'or. »

Et, en disant ces mots, il tira les deux pièces données par Clifton Robertson. L'employé les lui prit des mains en lui lançant un regard de méfiance :

« Comment t'appelles-tu? demanda-t-il. Sous quel nom dois-je les inscrire?

— Hum! fit Bill, voilà justement la difficulté. Mon nom ne fait rien à l'affaire, car cet argent ne m'appartient pas; mais je ne puis dire non plus qui en est le propriétaire.

— Comment cela? reprit l'employé.

— Oh! c'est la vérité, répondit Bill. Un monsieur, croyant me donner quelques pence, s'est trompé et m'a glissé ces pièces d'or dans la main. Je ne puis pourtant pas les garder. En attendant, vous pouvez les inscrire dans votre grand-livre sous un nom quelconque, jusqu'à ce que j'aie retrouvé leur propriétaire.

— L'affaire me paraît louche, et ta probité doit être une feinte. Il n'y a pas dans toute la ville de Londres un seul mendiant qui rapporte de l'argent. Tu as sans doute escamoté cette somme.

— Sir! dit Bill avec indignation et en se dressant sur la pointe des pieds pour reprendre son or au guichet, Sir, sachez d'abord que Bill Bullen n'est pas un mendiant et qu'il n'a jamais volé. Si j'étais assez grand, je vous apprendrais ce qu'il en coûte de porter atteinte à la bonne réputation d'un honnête garçon. Mais patience! je ne resterai pas toujours petit, et j'arriverai à votre épaule. Alors, Monsieur, je vous demanderai réparation, et si je ne puis vous rencontrer ailleurs, je vous provoquerai derrière votre guichet. Il n'y a qu'une réparation d'honneur qui puisse vous sauver. »

L'employé ne prêta point grande attention à cette colère, et encore moins à la menace. Il fit signe à un agent.

« Mister Dodd! voilà un membre de la corporation, enfermez-le! »

Dodd accourut et saisit au collet l'enfant, qui se tordait comme un serpent et cherchait à se dégager en poussant les hauts cris. Mais quand Dodd tenait quelqu'un entre ses mains nerveuses, il ne le laissait plus échapper. Des malfaiteurs aux membres robustes en avaient fait l'expérience. Néanmoins Bill ne voulut pas se laisser prendre si facilement; il se mit à mordre et à pincer l'agent de police, qui fut obligé de lui lier les mains.

Quand le petit décrotteur se sentit ainsi attaché, un frisson parcourut tout son corps. Il voyait déjà s'ouvrir la prison de Mill-Bank, derrière laquelle s'élevait une potence.

Il eut alors recours aux prières.

« Mister Dodd, dit-il d'un ton suppliant, je ne peux pas aller avec vous, il faut que je retourne vers ma mère, qui est très malade, et puis je ne veux pas vous suivre. Je suis un honnête homme et n'ai pas commis de crime. Ma mère mourrait de chagrin si elle avait la honte de me voir en prison. O mister Dodd ! soyez humain, mettez-moi en liberté ! Laissez-moi aller près de ma mère ! »

Mister Dodd ne fit que sourire; et comme le prisonnier redoublait ses prières, il lui dit :

« Nous connaissons cette chanson; la mère ne vaut pas mieux que le fils. En avant, marche ! »

Dans son désespoir, Bill se raidit contre les piliers en criant aussi fort que possible; mais mister Dodd le lança hors de la salle d'un vigoureux coup de poing. Au même instant notre bonne connaissance, Clifton Robertson, montait les degrés de la Bourse. Bill alla rouler sous ses pieds.

« Voici une agréable réception ! » fit le négociant en se frottant les mollets.

A peine Bill l'eut-il aperçu qu'il lui tendit les bras en suppliant :

« Au secours ! Monsieur, au secours ! délivrez-moi de ce tyran. C'est votre devoir, puisque c'est à cause de vous qu'il m'a garrotté pour m'emmener comme un voleur. »

Robertson reconnut aussitôt le petit balayeur de la veille et demanda, non sans froncer les sourcils, ce que signifiait cette insolence.

« Sir, répondit Bill, hier j'ai balayé le trottoir devant vos pieds, et vous m'avez donné deux livres sterling. Malheureusement je ne l'ai remarqué que quand j'ai voulu acheter des allumettes. Je vis alors votre erreur et voulus vous rendre cet argent, mais vous étiez déjà bien loin. Comme je ne pouvais ni le garder ni en trouver le propriétaire, je venais le placer pour vous à la banque. Eh bien ! ces hommes disent que je suis un voleur et veulent me mettre en prison. Aidez-moi ! sauvez-moi ! »

Robertson lui tendit la main :

« Je ne me suis pas trompé, dit-il; les sterling t'appartiennent. Et toi, mon brave garçon, tu ne voulais pas les garder ! Une telle probité mérite une récompense, viens avec moi. »

Il s'approcha du guichet.

« Sampson, continua-t-il, vous avez fait une sottise; cet enfant vous a dit la vérité, il voulait déposer de l'argent pour moi; j'espère que cela me portera bonheur dans l'avenir. Maintenant je vais le faire pour lui. Inscrivez encore dix-huit livres outre les deux que vous avez déjà et donnez-lui un reçu. »

Et se tournant vers l'enfant, il ajouta :

« Comment t'appelles-tu, mon ami ?

— Bill Bullen, Sir.

— Où restes-tu ?

— Dans un pauvre quartier de Londres, dans une cave où l'humidité ne manque pas et où le soleil n'aveugle personne.

— Écoute, reprit le négociant, je m'appelle Clifton Robertson; cette carte te l'indique en te donnant mon adresse. Garde-la soigneusement; si la misère te presse un jour, tu trouveras du secours à Salters-Hall, n° 1. »

Bill allait répondre à cette offre généreuse par une de ses reparties ordinaires, mais elle expira sur ses lèvres. Il baisa la main de son bienfaiteur, sans pouvoir retenir ses larmes. Sampson, qui pendant ce temps avait exécuté les ordres de Robertson, remit le reçu à l'heureux Bill.

III

UN SECRET

Notre petit décrotteur n'eut rien de plus pressé que de courir directement à la maison pour annoncer son bonheur et les événements de la journée. En passant, il acheta rapidement un grand pain chez le boulanger, un morceau de viande rôtie chez le boucher, et se remit à brûler le pavé.

Il descendit les escaliers de la cave comme un ouragan; sa mère, effrayée de le revoir de si bonne heure et si pressé, tourna la tête vers la porte avec inquiétude, s'imaginant qu'il était poursuivi.

Il fallut au décrotteur quelque temps pour reprendre haleine. Cependant la pauvre femme était préoccupée, mais son visage se rasséréna quand Bill se leva tout à coup en faisant une pirouette:

« Hourra ! s'écria-t-il, nous voilà riches !

— Pour l'amour de Dieu, qu'y a-t-il donc, mon garçon? Tu me fais d'abord une peur affreuse, puis te voilà d'une gaieté folle. Qu'est-ce que cela veut dire?

— Ah! bonne mère! je m'expliquerai mieux en dînant bien. Assieds-toi, je vais servir tout de suite. »

Il tira gaiement le pain de son panier et en coupa de larges tranches qu'il plaça devant sa mère.

« Maintenant, fit-il en riant, le meilleur est encore à venir; tu n'y penses certainement pas. »

Mme Bullen plongea la main dans la corbeille, où elle saisit le morceau de viande, qu'elle laissa presque tomber de surprise; depuis longtemps elle en avait oublié le goût.

« Régale-toi, je vais chercher une boisson rafraîchissante, » reprit Bill.

Il sortit et revint immédiatement avec un cruchon et deux verres: c'était de l'ale.

« Mais c'est un vrai jour de fête, Bill! dit la mère tout heureuse. Mange aussi et raconte-moi comment tu as pu te procurer ce bon dîner.

— Bah! répondit Bill, ce sont là des bagatelles. Voici l'âme de toutes choses: des espèces sonnantes. »

Avec un vrai sentiment de satisfaction il fit tinter sur la table son argent si bien gagné, retournant chaque pièce et disant à sa mère à combien s'élevait sa fortune. La pauvre femme faillit se trouver mal ; un horrible soupçon déchirait son cœur.

« Dis-moi, Bill, d'où te vient cet argent?

— Tu le sauras, mère; mais je dois te répéter d'abord que tout cela est peu de chose. Écoute bien ; l'important le voici : Bill Bullen et sa mère ont vingt livres sterling à la banque royale et les prêtent généreusement à la patrie à de faibles intérêts. »

Mme Bullen se taisait en le regardant avec étonnement.

« Tu vas tout savoir, » ajouta-t-il.

Alors il raconta son aventure, qui avait si bien fini, et déposa sur la table la carte portant l'adresse de mister Clifton Bobertson, Salters-Hall, no 1.

Inutile d'ajouter que nos deux heureux personnages ne manquèrent pas d'adresser à Dieu une fervente prière pour leur bienfaiteur.

La nouvelle industrie de Bill lui rapportait tous les jours davantage. Ses bons mots attiraient vers lui une foule de clients dont beaucoup lui confiaient leur pied, uniquement pour causer plus longtemps avec lui.

Chaque soir il rentrait dans la cave les mains pleines de monnaie. La nourriture, la lumière, le chauffage, rien ne leur manquait plus. Bill lui-même avait quitté son fourreau pour le remplacer par un vêtement plus convenable. Il grandissait à vue d'œil, mais Mme Bullen souffrait encore toujours de ses rhumatismes.

Aussi Bill résolut-il de trouver un autre appartement. Ce n'était pas facile : dans les grandes cités, la misère doit se contenter des quartiers les plus malsains, où la société les repousse comme une peste.

Quand il prenait des informations, on se moquait de lui; son métier n'inspirait aucune confiance. Après de longues recherches, il atteignit cependant son but; mais il lui fallut payer le loyer un mois d'avance, et on le menaça de le mettre à la porte s'il était un jour en retard.

Le nouveau logis n'était pas un palais, néanmoins il suffisait à de modestes prétentions. Le soleil y pénétrait une partie du jour, et l'on avait autant de bon air qu'en peut désirer un décrotteur de Londres.

Mme Bullen trouvait l'appartement trop beau. Elle ne pouvait s'habituer à voir devant elle une véritable fenêtre, une fenêtre qui, avec un peu de précaution, s'ouvrait sans sortir de ses gonds.

Le logement était situé dans la rue des Fripiers, vis-à-vis du magasin de Joanny Smith. Bill ne savait s'il devait se réjouir ou s'attrister de ce voisinage. Il connaissait le brocanteur pour un rusé coquin, et aurait préféré être loin de lui; d'un autre côté, il lui était agréable de rencontrer une ancienne connaissance avec laquelle il pouvait bavarder dans ses heures de liberté. Au besoin, on aurait pu le faire facilement sans se déranger, car on apercevait de la fenêtre les vieilleries de Joanny, dont aucun geste n'échappait à l'observateur.

Cette circonstance avait pour Bill un certain charme : au sourire du marchand, au froncement de ses sourcils, aux mouvements de ses doigts crochus, il devinait sa conversation avec les clients, auxquels Smith faisait comprendre qu'il se ruinerait bientôt par des affaires si désavantageuses pour lui. Les figures dépitées et les gestes violents des acheteurs dupés témoignaient assez qu'ils n'étaient pas du même avis.

Cependant les voisins ne s'étaient pas encore fait de visites ; le fripier se contentait d'un signe de tête, et paraissait d'ailleurs peu satisfait de voir Bill logé si près de lui.

Le décrotteur ne s'en formalisa point; il pouvait réussir sans l'aide du vieil avare.

Un matin, tandis que tout le quartier était encore plongé dans un profond sommeil, Bill, au point du jour, près de la fenêtre, regardait la rue pleine de boue.

« Beau temps pour un décrotteur, disait-il en se frottant les mains. Il a plu toute la nuit comme si Londres devait être nettoyé. De vrais torrents sont tombés du ciel pour former ces mares fangeuses qui sont notre fortune. Aujourd'hui il y aura une jolie brise, comme il la faut pour nous après la pluie ; le soleil est l'ennemi juré des chaussures sales. La pluie, c'est bon pour la nuit; mais le soleil pendant le jour ajoute encore à nos profits. »

Tandis que Bill se parlait ainsi, un homme remontait la rue et s'arrêtait devant la maison du fripier, en regardant à droite et à gauche comme pour s'assurer que personne ne l'espionnait. Bill, n'ayant pas de raison pour se retirer, resta donc à examiner l'inconnu. Celui-ci l'aperçut sans doute, du moins il retourna en arrière pour s'arrêter à quelque distance.

Le décrotteur n'avait vu ce visage qu'un instant, mais cela lui suffit pour se rappeler qu'il ne le rencontrait pas pour la première fois.

L'hésitation de l'inconnu le frappa et lui parut mystérieuse. Quoique Bill ne fût ni un curieux ni un espion, il se recula un peu dans la chambre pour observer sans être vu.

Aussitôt que le promeneur pensa qu'il n'y avait plus de danger, il revint sur ses pas, jeta les yeux vers la fenêtre de Bill, et, n'apercevant plus personne, il souleva le marteau de la porte de Smith et frappa trois coups.

Toutes les maisons de la rue des Fripiers sont pourvues de marteaux que l'on entend souvent retentir le matin sans éveiller le moindre soupçon. Bill lui-même, qui avait du flair et une oreille exercée, regardait cela comme tout naturel. Aujourd'hui cependant ce coup de marteau lui semblait étrange, et résonnait dans son cœur comme le pressentiment d'un secret.

La tête grisonnante du brocanteur parut à la fenêtre, et tandis que ses petits yeux regardaient les pavés, sa large bouche cria d'un ton peu amical :

« Que voulez-vous de si bonne heure ? Londres dort encore, et Joanny Smith n'a pas besoin d'être le premier à donner son bel argent pour des os et du vieux verre.

— Pst! Pst! répondit le visiteur, tais-toi et ouvre la porte, tes cris vont réveiller le quartier.

— Ah! c'est vous, Sir! » répondit le fripier, qui referma la fenêtre.

Peu après la porte s'ouvrit, et l'inconnu se glissa dans l'intérieur de la maison.

Bill était intrigué de savoir ce que deux individus si différents pouvaient avoir à traiter ensemble; car le visiteur matinal était un gentleman qui ne voulait ni vendre des os, ni acheter des brosses; mais la porte était trop épaisse pour laisser pénétrer les regards.

Une demi-heure plus tard, pendant que Bill s'impatientait à son poste d'observation, l'inconnu ressortit et s'éloigna à la hâte. Joanny Smith le suivit des yeux avec un sourire grimaçant et rentra dans sa boutique.

Le petit balayeur se creusait vainement la tête pour se rappeler cette figure, qu'il avait certainement déjà vue quelque part. Des scènes confuses lui revenaient en mémoire; il lui semblait apercevoir cet homme courbé sur un livre; mais son incertitude le troublait tellement, que tout dansait autour de lui comme dans un rêve.

« Que m'importe! dit-il enfin; je perds mon temps et mon gain! »

Et il se précipita dans l'escalier en courant à Corn-Hill.

Cet incident eût été probablement bientôt oublié, si le mystérieux personnage ne fût revenu chaque matin sous un déguisement différent; mais Bill ne s'y laissait pas prendre, il le reconnaissait de loin. Néanmoins, malgré son active surveillance, il ne put rien découvrir, sinon que les deux compères poursuivaient un but secret, qu'ils désiraient cacher à tout le monde.

Un jour que Bill remplissait de bon matin son office à Mansion-House, il vit s'approcher un gentleman à lunettes dont les bottes, couvertes de boue, répandaient une odeur suffocante. Surpris du contraste que faisait cette étrange chaussure avec le reste de l'habillement, il ne put s'empêcher de lever les yeux sur son client.

La brosse lui échappa des mains : cet homme était l'inconnu qui se rendait chaque matin chez Joanny Smith sous des déguisements si divers.

Cependant Bill reprit sa brosse et se mit à enlever les taches de ces bottes malpropres; mais ses pensées n'étaient pas à son travail, elles voltigeaient dans la boutique du fripier et se livraient à toutes sortes de suppositions.

L'inconnu, trouvant sans doute que le décrotteur allait trop lentement en besogne, frappait du pied en murmurant :

« Maudit gamin, que tu es paresseux ! »

Les bottes une fois cirées, il lui jeta un sixpence et s'éloigna.

Mais Bill n'avait pas du tout l'intention de le perdre de vue ; il voulait soulever le premier voile du mystère. Prenant donc ses ustensiles sous son bras, il se glissa derrière lui.

Parfois l'inconnu s'arrêtait comme indécis et regardait de tous côtés. Bill ralentissait sa marche en fixant, comme un flâneur, toute son attention sur les objets exposés dans les vitrines, mais sans quitter des yeux le mystérieux personnage. A la Threatneedle-Street, celui-ci se dirigea vers la banque d'Angleterre, où Bill avait déposé ses capitaux. Il avait à peine mis le pied sur le seuil, que notre décrotteur se frappa le front : il reconnaissait l'individu. Le bâtiment, l'entourage avaient rafraîchi sa mémoire.

« Par Gog et Magog ! dit-il, si ce n'est pas M. Sampson, je renonce à cirer proprement une botte de ma vie. Qu'est-ce que cet honorable gentleman peut avoir à faire avec ce fripon de Joanny Smith ? Mais patience, je le découvrirai bien. »

Pour éclaircir ses soupçons, il entra dans le

pay-hall de la banque, où mister Dodd, aux yeux de lynx, se promenait de long en large.

« Eh ! bonjour, mister Dodd; comment cela va-t-il ? Vous connaissez bien encore le petit Bill Bullen, que vous avez pris pour un voleur, malgré son honnête figure ? »

Dodd sourit en lui montrant sa baguette, qui l'obligeait à sévir même à contre-cœur.

Bill se dirigea vers le guichet et salua M. Sampson, assis dans son fauteuil, la tête penchée sur son grand-livre.

« Vous savez que je suis créancier de la banque. On dit qu'on aura la guerre et que l'argent n'est plus en sûreté. »

L'employé ne paraissait pas de bonne humeur. Il détourna la tête d'un air bourru sans faire attention au créancier de la banque d'Angleterre.

« Eh bien ! fit Bill, si vous êtes trop occupé, je reviendrai plus tard. »

Il savait maintenant à quoi s'en tenir. Les grandes lunettes et deux emplâtres noirs avaient disparu comme par enchantement de la figure de Sampson, mais Bill avait reconnu son homme. Le reste de la journée, il se tint silencieux derrière la statue de Wellington et laissa passer les meilleures pratiques.

Ses camarades et les jaloux en étaient enchantés; ils avaient du reste leurs raisons pour cela, car leur métier allait beaucoup mieux quand Bill ne leur faisait pas concurrence.

« Il ne parle pas, remarqua l'un d'entre eux, sans doute il a une contrariété. C'est peut-être le commencement d'une maladie. Tant mieux, nous aurons le champ libre. »

Bill ne se doutait guère de ce vœu si cruel ; s'il l'avait soupçonné, il aurait renoncé à ses rêves, se serait précipité sur ses collègues et les aurait tous battus.

IV

DANS LES ÉGOUTS

Ce qui étonnait tout le monde, c'était de voir la boutique de Joanny Smith souvent fermée une journée entière.

Les voisins se disaient :

« Ce vieux ladre est malade, et, comme il n'a personne chez lui pour le soigner, ce sera bientôt fini. Il est trop avare pour s'accorder la nourriture nécessaire; avec un oignon et un morceau de beurre gros comme une noisette, il en a pour toute une semaine. »

Le fripier, de son côté, faisait son possible pour confirmer les curieux dans leur croyance. Quand il ouvrait sa boutique pour quelques heures, et surtout quand il entrait un client, il toussait plus que de raison.

« La vieillesse arrive, disait-il alors d'une voix dolente, j'ai comme une pierre sur la poitrine.

Avec les années, je perds toutes mes forces. Si cela continue, il me faudra quitter le commerce pour soigner ma santé. Dieu merci ! ajoutait-il à voix basse, j'ai mis de côté une petite somme qui me permettra de terminer mon existence sans inquiétude. »

Cette dernière assurance provoquait souvent un regard soupçonneux de la part de ses pratiques. Il le comprenait bien et se hâtait d'ajouter :

« C'est une somme convenable que j'ai déposée en sûreté sur le continent. Je m'épargne ainsi la peine de l'emporter quand j'irai finir mes jours en France. »

Chaque matin, Bill se tenait caché à son poste d'observation et attendait le coup de marteau; mais depuis quelque temps il ne percevait plus aucun bruit. Par contre, dès la première heure la porte était entr'ouverte, Sampson s'y glissait en tapinois et la refermait précipitamment.

Cette circonstance excita encore davantage la curiosité de Bill, qui bâtit tout son plan sur cette découverte.

Un jour donc, avant l'arrivée de l'employé, il entra doucement dans le magasin et se dissimula derrière un tas de ferrailles. Au bruit que ses pas firent sur le plancher, Smith cria de son étage :

« Fermez bien la porte, j'arrive immédiatement. »

Il descendait déjà les escaliers, et Bill tremblait d'être découvert, quand Sampson parut à son tour et poussa le verrou.

« Sampson, Sampson ! murmura Smith, vous commencez à devenir imprudent. Vous remuez dans ce tas d'os comme si vous y cherchiez un trésor. A quoi pensez-vous donc ? Si l'un des voisins se réveillait, tout serait perdu. D'après votre conseil, je laisse la porte ouverte pour ne pas exciter la défiance, et vous rendez inutile cette mesure de précaution.

— Allons, vieux visionnaire, répondit son complice, je n'ai pas fait de bruit. Du reste, je risque cent fois plus que toi ; c'en serait fait de ma réputation si l'on me trouvait dans ta caverne.

— La réputation de l'homme est souvent meilleure que ses actions, honorable monsieur, reprit le fripier avec une pointe d'ironie. Mais ne nous disputons pas pour des bagatelles : à l'ouvrage ! »

Smith alluma une lanterne qu'il mit dans la main de Sampson, prit lui-même un levier et une pelle, s'approcha du coin où était caché le petit décrotteur et souleva une trappe. Tous deux descendirent ensuite une échelle avec une grande prudence. A peine leurs têtes avaient-elles disparu, que Bill se pencha sur l'ouverture pour plonger ses regards dans un gouffre sombre où la lumière de la lanterne ne brillait plus que comme une étoile lointaine. Ce fut une telle surprise pour le jeune homme, qu'il resta quelque temps comme pétrifié avant de pouvoir rassembler ses idées.

Il avait peur de l'abîme qui s'ouvrait au-dessous de lui, et cependant une force irrésistible le poussait à suivre ceux qui étaient descendus. Sa résolution fut bientôt prise : il posa le pied sur l'échelle et se laissa glisser le long du bois humide.

Une odeur nauséabonde montait jusqu'à lui; néanmoins il ne perdit pas courage. Son pied toucha le sol et rencontra une masse gluante où il enfonçait jusqu'à la cheville.

La lumière était toujours à une certaine distance, et les voix retentissaient lugubrement dans le souterrain.

Bill s'étonna d'abord de rencontrer une cave si singulière, si sale et si longue. Mais bientôt il dut reconnaître que ce n'était pas une cave : la maison de Smith ne couvrait pas la moitié du chemin qu'il venait de parcourir. De distance en distance des canaux aboutissaient au couloir pour y déverser cette fange infecte qui remplissait l'air de miasmes. En avançant, ces canaux devenaient de plus en plus nombreux et formaient au-dessous de Londres comme un immense réseau. Notre jeune téméraire se demandait quel pouvait être ce labyrinthe inconnu, quand il se rappela les égouts qui rassemblent toutes les immondices de la métropole et ont quarante-sept milles de longueur.

A cette pensée, il se sentit mal à l'aise; il eut peur et serait volontiers revenu sur ses pas, mais deux choses le retenaient : la curiosité insurmontable de voir ce que faisaient les deux complices dans un endroit si lugubre, et la crainte bien fondée de perdre son chemin dans le dédale des canaux, puisque la plus grande obscurité régnait derrière lui.

Après une longue marche cependant il s'arrêta indécis.

« Que m'importent les actions de ces gens-là ? se dit-il. En quoi leurs projets peuvent-ils m'intéresser ? Pourquoi ne suis-je pas resté à mon métier pour gagner le pain de ma vieille mère ? »

Il aurait voulu rebrousser chemin, mais il était comme fasciné ; il devait les suivre jusqu'au bout.

Joanny et Sampson, qui ne se doutaient pas de sa présence, parlaient ensemble à haute voix ; néanmoins Bill ne pouvait surprendre le sujet de leur conversation.

Il s'approcha donc aussi près que le permettait sa sûreté personnelle. Le fripier disait à Sampson :

« Je ne doute pas de votre habileté ; mais sous terre personne ne peut être certain de ses calculs. Nous travaillons déjà depuis longtemps sans rencontrer la cave aux millions. Ce serait fâcheux de ne trouver à la fin que quelques tonneaux de beurre vides.

— Laisse-moi ce souci, vieil incrédule.

— Naturellement je préfère que vous ayez raison. Vous êtes donc sûr que cet étroit couloir conduit dans les caveaux ?

— Tellement sûr que j'en mettrais ma tête en jeu. Mais cela nous demandera encore du travail ; je crains même qu'il ne dépasse nos forces, car ton vieux corps est affaibli, et le mien n'est pas habitué à de si grandes fatigues. Au reste, dès aujourd'hui, je suis obligé de t'en abandonner tout le soin.

— A moi seul ? demanda le fripier en colère. A quoi pensez-vous ? Vous dites vous-même que je suis faible, et mon corps usé devrait continuer encore votre travail ! Mais, quand il s'agira de partager, vous ne me laisserez pas tout seul ?

— Certainement non, Joanny, et ce ne serait pas juste. N'est-ce pas moi qui ai eu l'heureuse idée de l'entreprise, qui ai fait les calculs, pris les mesures, et qui t'ai mis dans le secret, ce qui est l'important ?

— Et moi, repartit Smith, n'ai-je pas fourni ma demeure, qui par sa position nous permet de pénétrer facilement dans les égouts ? Mais enfin qu'est-ce qui vous empêche de continuer à manier la pelle ?

— Tu vas l'apprendre... Le jeune Bill Bullen ne reste-t-il pas vis-à-vis ?

— Oui, sans doute. Pourquoi cette question ?

— Pourquoi ? Il m'a vu quelquefois frapper à ta porte, il a peut-être conçu des soupçons. Ces jours derniers, c'est à lui que je me suis malheureusement adressé pour faire nettoyer mes bottes. J'ai remarqué trop tard mon erreur. Ce diable de gamin m'a sans doute reconnu, car il m'a suivi tout le long du chemin et est arrivé jusqu'à la *pay-hall* pour s'assurer de mon identité, à ce que je pense. Il m'a épié aussi plusieurs fois dans les rues. S'il a des soupçons, cela peut mal tourner. Il me déteste parce que j'ai voulu le faire emprisonner comme voleur, et m'a menacé, à cette occasion, de me le faire payer. Je le crois homme à exécuter cette menace. En tout cas, je ne puis plus descendre ici; s'il me soupçonne, sa finesse saura découvrir nos intrigues. Cela t'intéresse autant que moi.

— Ah! vous croyez?... Bill est, en effet, un garçon très rusé; s'il sait quelque chose, cela peut être dangereux: pour l'Angleterre entière, il ne voudrait point participer à la moindre injustice. Il faut donc mettre tout en œuvre pour le détourner de la piste; sa perspicacité est plus à craindre que toutes les ruses de la police de Londres.

— Tu vois donc bien que je dois me retirer.

— Hélas! oui! il me faudra travailler seul dans ce trou maudit jusqu'à la découverte du trésor!»

Il y eut un assez long silence, puis Sampson reprit :

« Je suis presque certain que ce garnement est sur nos traces; ne pourrait-on pas l'empêcher de nuire?

— Comment? demanda le fripier.

— En l'attirant ici sous un prétexte quelconque; on lui briserait la tête avec ce levier.

— J'y réfléchirai... Attention! j'entends venir le gibier, et, comme nous n'avons pas de chien, il nous faudra taper ferme. »

Chaque parole arrivait à l'oreille de Bill; son corps frissonnait de terreur, ses dents claquaient, ses yeux s'obscurcissaient, la respiration lui manquait.

Cette sueur froide qui perlait sur son front était bien naturelle, puisque le pauvre enfant se trouvait sous terre, seul avec deux hommes qui complotaient sa mort. Ses genoux tremblaient, il y allait de sa vie. S'il était découvert, c'en était fait de lui. Encore une fois il songea à se retirer précipitamment, et il allait prendre la fuite, quand un bruit lointain se rapprochant toujours appela son attention.

Joanny et Sampson suspendirent leurs travaux; le premier déposa la lanterne sur le sol, et tous deux levèrent les bâtons qu'ils portaient à leur boutonnière.

Tout à coup une multitude de rats s'élancèrent vers les deux hommes, qu'ils menaçaient de dévorer vivants. Ceux-ci repoussèrent l'attaque en frappant à bras raccourcis sur ces rongeurs, que la faim rendait audacieux. Les rats rebroussèrent chemin pour s'arrêter devant Bill, mais la nature du sol les empêcha de l'atteindre immédiatement.

Le décrotteur était enfoncé dans la fange jusqu'aux genoux, et ses ennemis ne pouvaient quitter la terre ferme. Quand un rayon de lumière arrivait jusqu'à lui, il les apercevait se pressant sur un monticule, tendant leurs museaux comme pour le saisir. Cependant il avait un avantage sur ces animaux immondes, qui n'osaient pas l'attaquer dans son marais, mais leur nombre augmentait à chaque minute, et le pauvre Bill n'avait plus qu'à revenir en arrière ou à passer sur le corps des assaillants. S'il se décidait pour ce dernier parti, il fallait se hâter, car la lueur de la lanterne ne brillait plus que faiblement à une grande distance. Ceux qui la portaient étaient, il est vrai, ses assassins, mais il ne se croyait à l'abri des rats que dans leur voisinage. D'un mouvement subit il tira de sa poche le pain destiné à son dîner, et le jeta au milieu de cette masse grouillante, qui se précipita dessus en s'entre-déchirant.

Bill, profitant de ce répit, se hâta de courir après la lanterne. Il rencontra bien encore quelques rats, mais ils le laissèrent passer, tant ils étaient effrayés des coups de bâton qu'ils avaient reçus.

Après un long parcours, il aperçut Sampson et Joanny près d'un amas de décombres et d'une échelle qui conduisait à une ouverture percée dans la voûte. Il n'eut que le temps de se cacher derrière une saillie du mur ; le fripier se tournait vers Sampson en lui disant :

« J'ai déjà creusé six pieds; quelle épaisseur peut encore avoir la voûte ?

— J'en calcule cinq, et dix pieds de terre avant d'arriver aux caves.

— La terre n'est pas un obstacle, mais il faut veiller à ce que le sol ne s'écroule pas trop vite.

— Oui, il faut agir prudemment. Allons, courage et persévérance : un million vaut bien quelque risque.

— Le million ne restera pas toujours dans le caveau, repartit le fripier; il peut nous glisser entre les doigts, surtout si vous ne m'aidez plus et que personne ne vous remplace... Mais voici une idée : demain j'essayerai avec de la poudre, et, pour éviter le danger, je ferai une très longue mèche.

— Fais ce que tu penseras le meilleur; arrange-toi surtout pour terminer samedi, puisque le dimanche je n'ai rien à faire à la banque. Ce jour-là il va à Windsor, et ses domestiques font les paresseux.

— Je travaillerai autant que mes forces me le permettront. Mais vite à l'ouvrage ! le peu de temps dont vous disposez passe déjà trop rapidement. »

Sampson grimpa sur l'échelle qui conduisait à l'ouverture, et Smith le suivit. Le vieil employé continuait ses recommandations.

« Chaque jour vous m'aviserez des progrès de

votre travail, afin que je prenne mes mesures en conséquence. Si je ne puis plus venir chez vous, nous nous rencontrerons ailleurs. Venez demain à la Tour, c'est sur mon chemin; cette entrevue ne m'empêchera pas d'être à temps à la banque. Notre conversation aura lieu à l'intérieur de la Tour, où personne ne peut nous épier. Nous y trouverons une place convenable pour un tête-à-tête. »

Le dialogue était fini. Bill entendit alors le grincement des pinces et la chute des pierres roulant sur le sol. Ce qu'il venait d'apprendre, le danger qui le menaçait, les miasmes délétères des égouts, tout cela étourdissait notre décrotteur, et il eut besoin de quelques instants pour se remettre de ses émotions. Quelque incompréhensibles et mystérieuses que fussent les allusions faites par les deux scélérats, on pouvait en conclure qu'ils préparaient un vol d'une certaine importance, et qu'ils l'accompliraient en perçant la voûte pour pénétrer dans les caveaux où était le trésor.

Bill sentit la nécessité d'empêcher cette entreprise criminelle en prévenant le possesseur du million. Oubliant la haine qu'il avait jurée à Sampson, il ne pensait plus à sa propre vie, mais à celui qu'on allait voler. Comment le découvrir? Le seul indice qu'il possédât, c'est que cet homme passait ses dimanches à Windsor. Mais combien de négociants de Londres vont ce jour-là dans cette résidence ! Combien d'entre eux y possèdent des villas où ils donnent des fêtes à leurs familles ! Il aurait pu frapper à toutes les maisons de Windsor sans arriver à son but. Cependant il lui restait un moyen d'en apprendre davantage : il n'avait qu'à se trouver déguisé à la Tour pour épier les deux bandits. S'il ne réussissait pas, il pouvait faire directement sa déclaration à la police; mais il ne voulait se servir de cette ressource qu'en dernier lieu. Il craignait, en effet, de voir alors l'entreprise seulement différée et non abandonnée; puis il fallait dire son nom, ce qui lui répugnait, craignant de s'exposer à une persécution. Il avait si souvent entendu parler de vastes associations formées entre les voleurs pour se venger du préjudice qu'on pouvait leur causer ! Peut-être que Sampson et Joanny Smith faisaient partie de l'une d'elles.

Il reprit avec précaution la route parcourue jusqu'ici. Après avoir marché très longtemps, il lui semblait qu'il devait atteindre l'échelle par laquelle il était descendu, quand il s'aperçut avec terreur qu'il avait perdu son chemin dans l'obscurité.

Une sueur froide couvrit son front pour la seconde fois ; il devait infailliblement périr dans ce labyrinthe, si Dieu ne faisait un miracle en sa faveur.

La vie est une chose bien douce, et, pour la conserver, l'homme emploie tous les moyens qui sont à sa disposition. Il en était ainsi de Bill; sans tenir compte de la peur que lui inspiraient ses ennemis, il appela au secours à haute voix, mais l'écho seul lui répondit. Chaque pas augmentait son angoisse, qui tournait à la folie.

Le désespoir et la confiance en Dieu, les cris de douleur et les ferventes prières alternaient sur ses lèvres; mais les heures s'écoulaient dans des courses fatigantes.

« J'arriverai cependant bien à une ouverture, » se disait-il. Mais il semblait se débattre dans un réseau inextricable. Enfin, épuisé, il s'assit par terre, convaincu de l'inutilité de ses efforts; ses jambes ne pouvaient plus le porter.

Maudissant sa curiosité et fondant en larmes, il pensait, dans cette affreuse position, à sa pauvre mère délaissée et sans appui. Il la voyait dans l'indigence, les soucis et le chagrin, et faisait les vœux les plus sacrés pour que Dieu, dans sa bonté, vînt le délivrer de l'abîme. Peu à peu le calme rentra dans son âme, et Bill fut plongé dans un sommeil réparateur.

Au milieu de ses rêves, il s'élevait vers les étoiles sur des nuages d'azur; sa mère, souriante, montait avec lui aux demeures des bienheureux. Puis il se vit sur l'immense Océan, fendant les vagues pour atteindre la rive.

Réveillé par les efforts qu'il faisait, il sentit ses habits réellement mouillés et s'aperçut avec effroi que l'eau boueuse montait autour de lui. Il se releva en sursaut :

« C'est le flux de la mer qui entre dans la Tamise, s'écria-t-il, je suis perdu ! »

Le flot s'élevait de seconde en seconde ; il dépassait ses genoux, et Bill voyait dans le fleuve un second ennemi qui menaçait sa vie.

Tant que l'homme a une lueur d'espérance, il se cramponne au dernier brin de paille. Bien que résigné à la mort, notre héros chercha pourtant à échapper à ce nouveau péril. Mais chacun de ses pas l'enfonçait dans la boue, et il dut revenir à sa première place.

L'eau cependant montait toujours en grondant et lui couvrait déjà la ceinture. Bill fut obligé de s'appuyer contre la muraille pour ne pas être renversé. Bientôt il sentit les vagues autour de son cou ; il n'espéra plus et compta avec anxiété les battements de son cœur, croyant toujours entendre le dernier. Les mains croisées sur la poitrine, soutenant péniblement la tête au-dessus de l'eau, il balbutia sa dernière prière. Mais Dieu est d'autant plus près que le danger est plus grand, dit un proverbe qui se vérifia pour le pauvre Bill, à demi mort de frayeur. Le flot commença à baisser au moment où il atteignait sa bouche, et disparut peu à peu, emportant la fange qui s'était amassée dans les égouts pendant la journée.

L'horrible danger était dissipé, mais Bill restait

dans son tombeau. Épuisé par la lutte, il s'affaissa et tomba sans connaissance.

Le pauvre et honnête garçon était étendu au milieu d'une mare épouvantable ; un silence de mort régnait autour de lui, et la main de son ange gardien écartait les bêtes immondes qui rendaient ces ténèbres si terribles.

Le lendemain, vers midi, la léthargie diminua. Bill revint à la vie, mais sans pouvoir prononcer une parole ni remuer un membre. Soudain une lumière brilla dans l'obscurité, et des voix retentirent à ses oreilles. Bill, qui ne pouvait mesurer le temps, et dont l'esprit était incapable de réflexion, crut que les nouveaux arrivants étaient Sampson et Smith, qui revenaient à leur travail habituel. Mais les aboiements des chiens lui firent reconnaître son erreur : pour lui c'était peut-être le salut.

Il essaya de se lever, de crier ; ses forces le trahirent. Les chiens, ayant flairé sa présence, s'approchaient en aboyant, suivis de deux hommes déguenillés qui portaient une lanterne et un bâton. Ce qui leur donnait un aspect redoutable, c'était un large cercle de fer attaché autour des reins, auquel pendaient les cadavres de nombreux rats. Les nouveaux venus étaient donc des preneurs de rats, qui chaque jour descendent dans les égouts pour attraper cette vermine, dont la peau sert à la fabrication des gants.

« Qu'ont les chiens, Thimble? demanda l'un d'entre eux.

— Je n'en sais rien, Needle; mais regarde, ils flairent quelque chose. »

Nos deux égoutiers s'avancèrent en dirigeant leurs lumières vers le sol.

« C'est un homme, un homme en chair et en os! s'écria Thimble.

— Est-il mort?

— Non, mais il n'en vaut guère mieux.

— En tout cas, ce n'est pas un preneur de rats, gronda Needle. Comment se trouve-t-il ici? Y comprends-tu quelque chose?

— Non, répondit l'autre, et je ne m'en soucie nullement. Il s'agit de le sauver, ou il va rendre le dernier soupir. Prends-le sous les bras. »

Needle donna le signal; ils chargèrent Bill sur leurs épaules comme un paquet et traversèrent un grand nombre de couloirs.

Tout à coup un courant d'air vif passa sur le visage du décrotteur; la lumière du jour éblouit ses yeux, et, comme il ne pouvait la supporter après ce long séjour dans les ténèbres, il ferma les paupières.

V

A LA TOUR

Nous retrouvons Bill dans une misérable cabane, de l'autre côté de la Tamise; ses deux sauveurs font tout ce qu'ils peuvent pour lui rendre des forces.

Le pauvre garçon avait ouvert les yeux, mais il était encore plus mort que vif.

Thimble prétendait que le gin, le remède universel des pauvres, était la meilleure boisson pour le malade, et s'apprêtait à lui en donner une gorgée; Needle, au contraire, estimait que la chaleur, une nourriture fortifiante et des habits secs étaient bien plus nécessaires. Cet avis prévalut; d'ailleurs, sa femme l'avait adopté, et ce que mistress Needle trouvait bon, il fallait l'exécuter.

Pendant qu'elle cherchait la bouillotte à thé et préparait du feu, elle fit laver les habits de Bill par Thimble et son mari, qui remplirent cet office aussi lestement que s'ils avaient fait cela toute leur vie. Les vêtements furent bientôt secs, et Bill se retrouva sur pied. Du thé bouillant et quelque nourriture lui rendirent toute sa vigueur.

Mistress Needle s'en aperçut avec plaisir. Tant qu'il avait été abattu, elle ne lui avait fait aucune question, quoiqu'elle brûlât d'envie de l'entendre raconter ses aventures. Elle n'attendait, pour l'interroger, que le moment où il s'essuierait la bouche.

Jusque-là Bill avait regardé fixement devant lui. Soudain il recouvra la parole et demanda à ses sauveurs :

« Quel jour avons-nous? quelle heure est-il? » A leur réponse, il se leva comme un ressort : « Je n'ai plus qu'une heure, dit-il ; il faut que je parte, mes braves gens! »

Tous trois le regardèrent avec stupéfaction; ils s'attendaient à un autre remerciement. Mistress Needle surtout se sentit très blessée. Elle n'avait pas voulu être indiscrète pendant qu'il était anéanti, et maintenant qu'elle s'était commodément assise pour écouter un récit détaillé, l'ingrat disait : « Je dois partir! »

« Hé! mon petit ami, s'écria-t-elle en dissimulant son dépit, quand on vient d'échapper à la mort grâce à la charité de quelques bons cœurs, on devrait cependant trouver un moment pour raconter son histoire et ajouter, comme conclusion, un mot de remerciement.

— Vous avez raison, mistress Needle, répondit Bill. Dieu m'est témoin que je suis reconnaissant, mais la ruine d'une famille entière dépend peut-être de mon retard. Soyez certaine que je reviendrai et vous raconterai tout; croyez à ma parole, si je vous assure de ma gratitude pour le reste de ma vie, mais chaque seconde de délai est une faute que je ne saurais réparer. »

Mistress Needle n'eut pas le temps de lui répondre; Bill avait fait un bond hors de la porte et disparaissait dans l'étroite ruelle.

Il atteignit en courant sa demeure de la rue des Fripiers, tranquillisa sa mère en peu de mots, et repartit aussi rapidement que de la cabane du preneur de rats. Il était déjà en route pour la Tour, quand il réfléchit que Sampson et Joanny le reconnaîtraient sous ses vêtements ordinaires. Avisant donc un magasin de loueur d'habits, il y entra en décrotteur et en ressortit en aspirant de la marine danoise. Des yeux plus perçants que ceux de Sampson et du fripier n'auraient pu découvrir le pauvre Bill dans ce beau jeune homme. Les mains dans les poches, il descendit nonchalamment de Lower-Thamestreet en fouillant les environs, pour voir s'il n'apercevait pas les scélérats. Sur la colline qui s'abaisse vers la Tour, plusieurs personnes étaient rassemblées autour d'un commissionnaire qui désignait du doigt la place où s'élevait autrefois l'échafaud, dépeignant avec une grande loquacité la cruauté d'Henri VIII et nommant les seigneurs dont sa vengeance et ses passions avaient fait tomber les têtes. Bill ne se souciait pas de ces réminiscences historiques; il cherchait parmi la foule deux individus qui lui semblaient mériter la mort à plus juste titre.

Quelques instants après, un homme en habit bleu, à boutons d'acier brillant, descendait le tertre en examinant attentivement le groupe, comme s'il voulait y rencontrer quelqu'un. Sa démarche, embarrassée par d'étroits pantalons, sa manière étrange de laisser pendre ses bras donnèrent à penser à Bill que le nouveau venu n'était pas habitué à cet accoutrement. Son œil malin reconnut, dans ces traits soigneusement fardés, une grande ressemblance avec le fripier Joanny Smith. Il est vrai que les lunettes bleues, les cheveux noirs retombant sur l'épaule n'appartenaient point au vieil antiquaire; mais, pour éviter toute erreur, Bill voulut que le personnage décidât lui-même de son identité.

Nous savons déjà qu'il connaissait l'art du ventriloque; il eut recours à ce moyen, et le fripier entendit soudain cette question à quelque distance :

« Monsieur Joanny Smith, où avez-vous trouvé cet habit bleu? »

Près de là s'élevait un vieux café, aux fenêtres duquel s'appuyaient quelques jeunes gens. La voix semblait venir de ce côté. Cette question fit une telle impression sur le nouveau venu, que le soupçon de Bill fut confirmé.

Par un mouvement subit, Smith avait tourné la tête vers les fenêtres et tremblait comme une feuille en voyant tant de personnes, dont l'une avait dû le reconnaître.

« Cela se gâte! pensa-t-il. Si seulement ces lunettes ne m'empêchaient pas de voir! Tous ces drôles me paraissent bleus; l'un d'eux cependant m'a reconnu: duquel dois-je me défier? »

Et il regardait la fenêtre du coin de l'œil.

Aucun de ses mouvements n'échappait à l'honnête Bill, qui s'amusait de son angoisse, et lui criait dans une autre direction :

« Vous allez à la Tour, j'y vais aussi. »

Joanny tressaillit encore une fois et tourna la tête; il ne vit personne.

« Il vient aussi à la Tour? murmura-t-il; notre entrevue n'aboutira pas, sauvons-nous. Ici je suis trop exposé. »

Un moment plus tard, il disparaissait par la petite porte qui conduit à l'intérieur de l'immense édifice.

Bill, ne voulant pas perdre de vue le fripier, le suivit dans une chambre étroite et sombre où se trouvaient déjà une douzaine de personnes. L'aspirant danois s'assit près de Smith en laissant ses yeux errer avec indifférence sur les pâtisseries exposées dans un coin du local, pour allécher la friandise des visiteurs; mais son regard glissait parfois sur le fripier, qui transpirait de peur sous son fard.

Bientôt il vit entrer un petit homme épais, portant des lunettes vertes, qui, après avoir examiné chaque individu, s'approcha enfin de l'homme à l'habit bleu. Inutile de dire que c'était Sampson, et que Bill le devina tout de suite.

Dès que l'employé fut près de Joanny, ce dernier mit un doigt sur ses lèvres. L'autre comprit qu'il y avait du louche et s'assit sans rien dire; mais le petit décrotteur ne s'accommodait pas de personnages muets : comment les faire parler? il n'en savait rien lui-même. Néanmoins il crut prudent d'enlever au fripier tout soupçon à son sujet. Il pensait bien que celui-ci se défiait de tous ceux qui étaient là, et il voulait se faire passer pour un homme dont on n'a rien à craindre. Il commença donc la conversation avec ses deux voisins; mais ils haussèrent les épaules, car ils ne comprenaient pas son langage. Rien d'étonnant, Bill se servait des lettres de l'alphabet pour en faire un galimatias dont ses auditeurs étonnés ignoraient l'origine.

Joanny exprima sa surprise en bon anglais; mais le Danois secoua la tête et fit entendre par signes que cette langue lui était inconnue. L'aspirant paraissait cependant décidé à parler. Pour toute réponse, il n'obtint qu'un éclat de rire du fripier et une grimace aigre-douce de son complice.

Bill se détourna avec dépit et sembla ne plus vouloir s'occuper des deux Anglais.

Il y eut un long silence, que Sampson rompit en s'informant à mots couverts de l'ouvrage entrepris. Le fripier, tout tremblant, mit de nouveau le doigt sur ses lèvres :

« Ah bah! murmura son complice, cet homme-là ne comprend pas un mot de notre conversation. »

Joanny insista, et, voyant la foule courir vers le guichet pour prendre des billets, il se hâta de murmurer :

« Ne dites rien, je vous en prie, je suis reconnu. Tout à l'heure quelqu'un m'a demandé près de Tower-Hill où je m'étais procuré mon habit, ajoutant qu'il viendrait ici. »

Alors Bill, ne pouvant résister à un mouvement d'espièglerie, s'écria :

« M. Sampson, quand vous retournerez au *pay-hall,* dites donc à M. Dodd de mieux surveiller les gens. »

L'employé de la banque fit un soubresaut, comme s'il avait vu devant lui le gouverneur de la Tour, l'épée à la main et demandant sa tête. Pâle comme un mort, il fixa d'un air hébété la foule qui se pressait au guichet, et s'efforça de découvrir celui qui le poursuivait; ce fut en vain.

« Il vaudrait mieux nous éloigner, dit-il à Joanny.

— Non, répondit le fripier, nous pourrions

attirer l'attention. Restons ici, allons partout, mais ne parlons pas. »

Cela ne faisait pas l'affaire de Bill, qui se repentit de son étourderie. On venait de frapper l'heure où l'entrée de la Tour est permise aux étrangers. Au dernier coup de marteau, la porte s'ouvrit pour livrer passage aux deux gardiens, revêtus du costume des seigneurs du temps d'Henri VIII, portant une coiffure étrange, les culottes courtes, une longue baguette à la main et précédant les visiteurs d'un air majestueux.

Après avoir traversé une vaste cour, en entra dans une longue galerie appelée Horse-Armoury, où sont renfermées les armes et les armures des chevaliers qui ont illustré l'Angleterre pendant quatre siècles. C'est une partie de l'histoire universelle.

Les gardes donnaient leurs explications dans ce ton monotone qui excite la curiosité plus qu'il ne la satisfait, et met au désespoir ceux qui voudraient s'instruire.

On monta ensuite par un étroit escalier dans la Tour-Blanche, où sont suspendus les anciens instruments de torture.

Pendant toutes ces visites. Sampson essaya plusieurs fois d'arracher quelques paroles à son ami; mais Smith, au grand dépit de Bill, se contenta d'imposer silence.

La salle des joyaux sembla réveiller toute la convoitise de ces deux scélérats. C'est un local assez étroit, entouré d'épaisses murailles et bien éclairé. Les trésors se trouvent au centre, garantis par un épais grillage de fer qui peut résister aux plus grandes secousses. Un couloir permet d'en faire le tour et d'admirer les sceptres, les épées et les objets du sacre, couverts d'or et de diamants.

Sampson et le fripier se tenaient derrière la grille comme des tigres prêts à se jeter sur leur proie. Tandis que les muscles de leur visage trahissaient toutes les nuances d'une avidité insatiable, leurs poings pressaient convulsivement les barreaux, et Joanny Smith regardait involontairement la fenêtre, comme s'il avait voulu emporter ces trésors par cette voie. Les autres personnes étaient trop occupées de la vue des bijoux pour remarquer ce mouvement, mais il n'échappa ni à Bill ni à Sampson, qui en reçurent une impression différente. Les yeux de ce dernier décelaient un contentement plein de convoitise; un sourire plissait les lèvres de Bill, qui fut tenté de crier de sa voix caverneuse :

« Gardes, faites attention, Joanny Smith enlèvera un jour ces joyaux par la fenêtre. »

Mais il se contint pour ne pas gâter son jeu.

Le gardien avait terminé ses explications; il laissa aux visiteurs le loisir de contempler ces trésors encore quelques instants; puis il donna le signal; tout le monde sortit, et la porte se referma sur ces objets précieux.

La galerie des armures de la Tour de Londres.

La visite était finie. Les deux gardes inclinèrent gravement leurs baguettes, et l'on quitta la puissante forteresse par la petite porte, sans que Bill eût entendu un mot de ce qu'il voulait savoir.

Il remarqua cependant avec étonnement que Smith et son compagnon prenaient un chemin qui les éloignait de la banque.

« Le terrain n'est pas sûr, murmurait Smith. Je passe par ici, allez par là; nous nous retrouverons au tunnel. »

Ils se séparèrent. Bill s'élança rapidement pour arriver avant eux au lieu du rendez-vous.

A l'entrée du tunnel, il respira un instant et s'engagea dans le vestibule. Peu à peu il entendit les sons d'un orgue de Barbarie, qui devenaient plus puissants à mesure qu'il descendait : c'était un vieillard qui tournait la manivelle à la sueur de son front.

Devant Bill s'ouvrait ce long couloir qui forme une rue au-dessous de la Tamise. De place en place on voyait brûler quelques becs de gaz qui en dissipaient à peine les ténèbres.

Le petit décrotteur se cacha dans une sombre encoignure et guetta avec impatience l'arrivée des deux personnages, dont il connaissait les sentiments à son égard. A sa gauche s'étendait une rangée de boutiques derrière lesquelles règne une obscurité complète.

Fatigué d'attendre, il allait quitter sa cachette,

quand il vit venir deux ombres qu'il reconnut à la lumière du gaz pour ceux qu'il épiait.

Bill se glissa derrière eux. Chaque fois qu'on passait devant une taverne, Smith faisait un pas de côté, et aucune d'elles ne paraissait lui convenir. Enfin il crut sans doute avoir trouvé un endroit sûr, car il entra sous une voûte où Sampson le suivit. Bill, toujours sur leurs talons, s'effaça derrière un paravent qui servait de portière, y fit un trou et put voir le local éclairé par un lustre suspendu au plafond. Les deux complices s'assirent sur le canapé, en face d'une table couverte de bouteilles de sherry et de différents plats. Joanny sonna et dit au restaurateur :

« Vous savez sans doute ce qu'il y a sur cette table : vous pouvez donc contrôler facilement notre consommation. Retirez-vous, nous voulons être seuls, et surtout ne laissez entrer personne.

— Compris ! » fit l'aubergiste en souriant.

A peine s'était-il éloigné, que Sampson demanda impatienté :

« Combien de temps me ferez-vous encore courir? Je devrais être à la banque depuis deux heures. On n'est pas habitué à me voir en retard, cela peut éveiller les soupçons.

— Pas tant de soucis, répondit le fripier. Qu'arrivera-t-il donc si pour une fois vous n'êtes pas à votre poste. Vous pouvez être souffrant comme tant d'autres. Maintenant écoutez,

Le tunnel.

et voyez où en sont nos affaires. Depuis notre séparation, j'ai travaillé continuellement avec la poudre; cela marchait à merveille, Sampson, et m'a épargné bien du travail. Qu'en pensez-vous? Tout le mur est percé. Au dernier coup, il est tombé beaucoup de terre, et j'ai failli en être écrasé. »

Sampson s'agita nerveusement sur le canapé :

« Gros nigaud! s'écria-t-il, avec la poudre vous ferez manquer toute l'affaire!

— Pourquoi donc? demanda le fripier d'un air blessé.

— Pourquoi? parce que la terre s'écroulera encore, et l'ouverture sera prête avant que le dimanche vienne à notre aide. Et c'est justement sur le dimanche que j'ai tant compté. Ce serait impossible un autre jour.

— J'ai pensé aux éboulements, reprit Smith, et j'ai agi sans vos ordres. Le dommage est réparé. Ce serait trop exiger, mister Sampson, si je devais attendre les conseils de votre sagesse; vous savez bien que vous êtes à l'abri des dangers. »

Sampson ne fit pas semblant d'entendre les railleries de son ami; il aimait mieux tout apprendre.

« Comment avez-vous donc réparé les dégâts? continua-t-il.

— Bien simplement, Sir. J'ai refait le mur en ne laissant qu'une ouverture pour faire passer les tonneaux.

— C'est bien; mais je songe à une difficulté que nous n'avons pas prévue : comment les transporterons-nous?

— Mister Sampson a la tête remplie d'affaires si importantes, railla le fripier, qu'il ne peut songer à pareille bagatelle; mais Joanny Smith, le niais, n'a pas oublié ce point. Une fois les tonneaux descendus, nous les roulons par le canal jusqu'à la Tamise, où se trouve un bateau prêt à les emporter. La même nuit nous les mettrons en sûreté, et nous serons deux millionnaires qui vivront à leur aise aussi bien à Londres que dans une autre partie du monde. Mais une autre question : Êtes-vous certain que M*** sera dimanche à Windsor? »

Bill avait dressé l'oreille en retenant son haleine pour entendre le nom mystérieux. Tout paraissait conspirer contre lui : dans ce moment critique un orgue de Barbarie remplissait le tunnel de ses airs discordants et l'empêchait d'apprendre ce qu'il désirait. Il n'était pas plus avancé qu'auparavant. Quand la musique se fut éloignée, Bill entendit Smith demander :

« Êtes-vous bien sûr de parvenir dans le caveau que nous cherchons, et non pas dans la cave d'un pauvre diable?

— Ce n'est pas la première fois que vous me faites cette question, répondit Sampson avec aigreur; je ne devrais plus y répondre. Pour la vingtième fois, je vous répète que, non seulement j'ai étudié le plan des égouts, mais j'ai fait mes calculs avec la plus grande précision; une erreur est impossible. Si votre travail est terminé pour dimanche, nous profiterons du jour pour rouler les tonneaux jusqu'à la Tamise, et de la nuit pour les charger et les emmener.

— Mais, objecta le fripier, si par hasard il revenait à l'improviste, ou si ses gens faisaient meilleure garde que d'habitude?

— J'ai des moyens pour cela. Aie confiance; au besoin je les enverrais tous en Écosse ou en Irlande. »

Joanny Smith regarda Sampson d'un air incrédule; mais son complice maintint son idée avec tant d'assurance, que le fripier ajouta :

« C'est une mesure qu'il ne faut pas différer. »

Les deux voleurs se levèrent, et Bill quitta sa cachette pour rentrer dans le tunnel, où ils passèrent près de lui sans le voir.

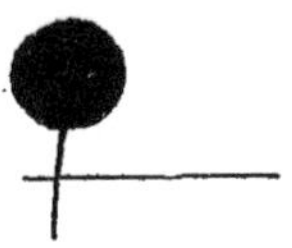

VI

DANS L'ANTRE DU MEURTRIER

Suivons un instant Joanny Smith. Au sortir du tunnel, Bill l'eut bientôt perdu de vue, parce que lui-même disparaissait dans une ruelle pour entrer chez le loueur d'habits.

Le jeune homme avait repris depuis longtemps son costume de décrotteur, lorsque le fripier, vieux et courbé, remonta la rue en toussant et referma la porte sur lui.

Dès qu'il se vit seul et sans témoins, le vieillard changea d'attitude, redressa sa taille et jeta sur son magasin un regard de mépris en repoussant du pied les objets sans nom qu'il vantait le matin même comme des marchandises précieuses.

Se prenant en pitié, il murmurait d'une voix plaintive :

« Comment! tu as enfoui la meilleure partie de ta vie dans ces vieilles ferrailles, sous ces sales chiffons, pour amasser une petite fortune penny par penny. Ah! c'était une grande sottise! mais cela va changer!... Un million à Joanny Smith, gazouillait-il, comme cela résonne agréablement aux oreilles! C'est si étrange, si incroyable! Un million! quelle délicieuse musique! »

Après avoir répété quelque temps ces deux mots, il ouvrit la trappe et écouta avec inquiétude, car il était sans cesse tourmenté par la crainte qu'un tiers ne découvrît son plan et n'enlevât le trésor. Mais rien ne remuait dans les couloirs, et il laissa retomber la planche.

Il grimpa ensuite par un escalier branlant à une mansarde qui recevait de la rue une faible lumière. Cette chambrette convenait au fripier comme un étui à des lunettes. Près d'une muraille noircie par la poussière et la fumée, on voyait un lit couvert de draps déchirés, une chaise boiteuse et une table qui soutenait une lampe dégouttante d'huile. Mais ce qui attirait surtout les regards, c'était une armoire scellée dans la muraille, fermée par deux barres de fer et une serrure qui n'eût pas été plus solide si elle avait gardé des millions.

Joanny contemplait ce meuble avec un sourire de satisfaction.

« Voilà, disait-il, où je conserve la sueur de trente années. Ah! il a fallu travailler dur! Et toutes ces petites pièces et ces livres sterling, qui les a gagnées pour moi? qui me les a apportées?

Des mendiants, des chiffonniers, des décrotteurs, des fripons et autres personnes de même acabit. »

La réponse qu'il se donnait à lui-même semblait surtout le satisfaire, car il ricanait gaiement en frottant l'une contre l'autre ses mains sèches et crochues.

Il tira de sa poche un trousseau de clefs et ouvrit le cadenas du placard dans l'intérieur duquel se trouvait une pile de sacoches soigneusement ficelées. Il en prit une dont il versa le contenu sur la table : c'était celle aux pièces d'or.

Quand le métal scintilla sous ses yeux, il y plongea les mains avec délices, avec la sensation de bien-être qu'éprouve le nageur qui se baigne en été dans l'onde rafraîchissante. Il soulevait, caressait, pressait les pièces d'or avec un tremblement de joie.

Le vieux bandit, quand il se croyait seul, se donnait souvent ce plaisir sans frais. Toutes les passions qui s'étaient glissées dans son âme trouvaient à ce contact une satisfaction que ne comprendra jamais celui dont le cœur n'est pas dévoré par l'avarice.

Ce jeu, destiné à calmer sa soif de l'or, dura plus d'une heure, et, après avoir refermé la sacoche, le fripier commença le monologue suivant :

« Il y a là une belle somme, mais ce n'est rien en comparaison d'un demi-million. Que dis-je, un demi! il me faut le million tout entier. Je lui arracherai des mains l'autre moitié; c'est à moi qu'elle appartient. Oui, ce million est à moi seul. Sampson voudrait me le voler, mais il n'y réussira pas. Nous embarquerons l'argent pendant la nuit; je puis alors lui donner facilement une poussée pour le jeter par-dessus bord et... Oui, mais les murs ont des oreilles! »

Il resta un instant muet en regardant devant lui.

« Il veut les envoyer tous en Écosse ou en Irlande, continua-t-il. C'est très bien, mais il vaut mieux ne pas trop s'y fier. S'il ne réussit pas, nous serons bien embarrassés... La prudence est bonne en toutes choses... J'irai à l'abbaye de Westminster enlever, à minuit, une pierre du tombeau de saint Édouard. N'ai-je pas rêvé trois fois de suite que c'était un moyen infaillible de succès? Pourquoi ce songe reviendrait-il si souvent, s'il ne disait pas la vérité? Oh! je ne suis pas superstitieux, mais un rêve qui revient trois fois... Oui, oui, j'irai à l'abbaye, et j'enlèverai la pierre à minuit... Je n'ai jamais voulu croire à cette fable; je l'ai toujours regardée comme un conte inventé par les bonnes femmes de Fishmonger-Street. Mais trois fois, trois fois!... ce doit être vrai! »

Néanmoins ces pensées éveillèrent en lui un sentiment d'inquiétude. Qui avait pu lui faire cette question :

« M. Joanny Smith, où avez-vous trouvé cet habit bleu? »

Plus il la répétait, plus elle lui semblait terrible.

« Il faudra redoubler de prudence, dit-il; je ne puis plus sortir dans ce costume. »

En se levant tout pensif de sa chaise, il aperçut Bill, accoudé à la fenêtre, et qui regardait fixement sa maison.

Il tressaillit; un vague pressentiment lui disait que son sort était lié à celui du décrotteur.

« Sampson a raison, ajouta-t-il, il faut s'en débarrasser... Eh! Bill, cria-t-il, viens donc chez moi, tu peux gagner ta journée. »

Le jeune homme fut bientôt près du fripier, qui l'accueillit amicalement.

« Comment vas-tu, petit diablotin? » demanda-t-il avec un sourire, tout en lui caressant la joue.

Bill fit une grimace.

« Comment cela irait-il? très mal, et tous les jours plus mal. Je m'étais promis monts et merveilles de mon nouveau métier, mais tout cela n'est qu'illusion et déboire.

— Bill, Bill! fit Joanny en le menaçant du doigt, je ne te reconnais plus. Où est ta gaieté, ton courage, ta bonne humeur, ta confiance en Dieu?

— Tout s'est envolé comme les feuilles au souffle du vent, répondit le décrotteur en branlant la tête. J'ai été un sot : je voulais faire honnêtement mon chemin dans le monde, mais la probité est une idée stupide, une chimère qui, finalement, fait banqueroute. Savez-vous bien, Smith, que l'honnêteté me fatigue; j'en ai pardessus les oreilles. Sur le pavé de Londres se promènent une foule de gens qui ne font pas œuvre de leurs dix doigts et mènent pourtant joyeuse vie. Comment font-ils ?

— Il n'est pas bon d'en parler, mon ami ; ils mentent, trompent et volent. Tu veux peut-être faire comme eux?

— Vous l'avez deviné... Je suis dégoûté du décrottage; je veux voler et recéler, selon les circonstances. Vous avez dit vous-même que j'étais assez adroit et malin pour enlever la bague de la reine sans qu'on s'en aperçoive; nous verrons si vous avez raison. En tout cas, je veux en faire l'essai, et bientôt, bientôt. Mais, M. Smith, il ne faut pas me trahir : la confiance appelle la confiance. »

Le fripier n'en croyait pas ses oreilles. Il se leva et marcha de long en large au milieu de ses vieux meubles, se demandant si, dans une telle circonstance, il ne pouvait mettre Bill dans le secret et le prendre pour son aide. Une fois le trésor en sûreté, il pourrait toujours encore se défaire de lui. C'était précisément le plan du jeune homme : il voulait enlacer le vieux bandit dans ses propres filets.

Ce dernier continuait toujours sa promenade

en pesant le pour et le contre. Cependant il rejeta la pensée de l'avoir pour complice et résolut de le faire disparaître; il lui semblait qu'il en savait déjà trop.

Prenant donc un air indigné, il s'arrêta devant lui.

« Comment, Bill! dit-il d'un ton sévère, c'est moi qui dois te faire la morale, moi, le vieux Joanny Smith, que tu as si souvent traité de sangsue? Oui, c'est mon devoir; tu es sur la route qui conduit aux enfers. Reviens sur tes pas, sois de nouveau l'honnête Bill Bullen... Je devrais te chasser de ma maison, car je ne veux rien avoir de commun avec le diable, mais j'ai pitié de ta jeunesse et de ton abandon. Et pour que tu comprennes combien je m'intéresse à toi, je vais te donner tout de suite l'occasion de gagner un morceau de pain. J'ai là une cave remplie de vieilleries que je voudrais avoir ici. Viens, descends, je te suivrai pour t'aider. »

En disant ces mots, il s'approcha de la trappe et l'ouvrit, mais Bill resta immobile.

« J'ai essayé assez longtemps, répondit-il, de gagner ma vie au soleil; je n'ai pas réussi, et n'aurai sans doute pas plus de succès dans les ténèbres. Je vous déclare donc, Joanny, que je ne veux pas travailler... N'avez-vous rien de mieux à me proposer? Je ne reculerais pas devant les plus grands crimes, s'il y avait de l'argent, beaucoup d'argent à gagner. »

Le fripier poussa un profond soupir et murmura, les mains jointes et les yeux au ciel :

« Seigneur, n'écoutez pas ces infâmes paroles; éclairez son cœur de la lumière de votre grâce et ramenez-le dans le chemin de la vertu. Ah ! fortifiez ma main, pour que je le sauve malgré lui. »

Après cette prière hypocrite, il s'approcha de l'enfant, le saisit par le bras pour l'attirer vers la trappe; mais Bill recula si près de la porte, que Smith n'osa se servir de moyens violents, qui eussent éveillé l'attention des voisins, surpris déjà de voir se rouvrir une maison qu'on tenait fermée les jours précédents.

« Mon pauvre Bill, dit-il avec une feinte douceur, je ne crois pas à ta conversion si subite; c'est la honte qui te retient. Tu ne veux pas travailler dans la cave pour qu'on ne dise pas : Le joyeux Bill Bullen est devenu un portefaix. Allons! viens, je fermerai la porte, et personne ne te verra. »

Le décrotteur, le pied droit sur le seuil, répondit avec audace :

« Ne m'en parlez pas. Dites-moi plutôt où il y a quelque chose à voler, et je suis prêt.

— Hum! hum! gronda le fripier, serait-ce vrai? Non, non! sottises que tout cela!... Et comment peux-tu t'adresser à moi, si tu veux dérober?

— Parce que je vous regarde vous-même

comme un fripon ; parce que je crois qu'un garçon rusé peut vous rendre de grands services. Mais il ne s'agit pas de bagatelles, il me faut un vol important, qui nous débarrasse des soucis d'un seul coup. »

Joanny garda un instant le silence, puis il reprit à voix basse :

« Tu serais donc réellement disposé à te lancer dans une pareille entreprise ? Eh bien, j'en connais une, mais on ne peut en parler que dans la cave. Descends avec moi.

— Je ne m'occupe pas d'affaires incertaines ; ce n'est pas la peine de se casser les jambes dans votre escalier sans savoir pourquoi. Dites-moi d'abord le nom de la victime, et je verrai si le but est digne des moyens.

— Tu ouvriras de grands yeux, répondit Smith, quand tu sauras combien l'entreprise est considérable. Si elle réussit, demain tu te promèneras dans les rues de Londres en voiture à quatre chevaux ; mais le nom, mon garçon, ne sera prononcé que là-bas. »

En même temps il attira Bill par une brusque secousse et referma vivement la porte. Déjà il soulevait la trappe pour y jeter le pauvre enfant, quand quelques coups de marteau le frappèrent de terreur.

« Bill, reprit-il en tremblant, nous arrangerons l'affaire une autre fois. Ma vieille toux me reprend, je remonte dans ma chambre. Renvoie l'importun qui frappe, et reviens dans un moment. »

Il regrimpa lestement l'escalier malgré son indisposition. Bill ouvrit, et une pauvre femme, qui voulait vendre des os et du verre cassé, entra dans le magasin. C'était un ange sauveur. Si elle fût venue cinq minutes plus tard, le brave garçon aurait été probablement étendu assassiné dans la vase des égouts.

Quand ses yeux se portèrent sur sa bienfaitrice pour la remercier, il reconnut la mendiante dont il avait autrefois facilité le commerce des allumettes. Il ne pensait pas alors qu'elle lui rendrait un jour un service si important; mais il se rappela une parole de sa mère : « Dieu ne laisse jamais une bonne action sans récompense. » Il crut voir dans cette arrivée inattendue un avertissement de Dieu lui ordonnant de suivre à tout prix les traces du fripier, pour l'empêcher de commettre un crime et pour préserver la victime choisie de la perte de sa fortune.

« Joanny, cria-t-il dans l'escalier, descendez vite, vous pouvez conclure une bonne affaire. »

Le fripier arriva haletant et dit d'un ton bourru :

« Allez chez le voisin; je suis trop malade, ne me dérangez pas. »

La visiteuse s'éloigna sans répondre. Bill sortit en même temps, malgré l'appel de Joanny qui lui criait :

« Reste, et tu sauras tout. »

Afin de se dévouer entièrement à son œuvre sans que sa mère en souffrît, Bill courut à la banque retirer une partie de son capital. A son retour, il mit quelques sterlings dans la main de Mme Bullen :

« Tiens, lui dit-il, je ne gagnerai peut-être pas beaucoup ces jours-ci ; ne te laisse manquer de rien. »

Elle le regarda avec inquiétude.

« Qu'as-tu, mon cher enfant? Que fais-tu ? Depuis quelque temps tu es taciturne et mystérieux. Il se passe ici des choses que je ne comprends point ; parle, ne me laisse plus dans l'incertitude. »

Bill la serra dans ses bras.

« Mère chérie, répondit-il, encore quelques jours, et je te dirai ce que j'ai fait. »

Pourquoi Bill gardait-il son secret? pourquoi ne le confiait-il pas à sa mère? Il craignait qu'elle ne fît tout échouer dès qu'elle soupçonnerait le moindre danger pour son enfant. Il ne disait donc rien, mais ce silence lui coûtait beaucoup.

VII

AU MILIEU DES TOMBEAUX

Bill passa toute la journée à son poste d'observation. Malgré sa surveillance, il ne vit point s'ouvrir la porte de Joanny, et la nuit était déjà venue que la fenêtre, ordinairement éclairée à cette heure, restait plongée dans les ténèbres. Du reste, il savait à quoi s'en tenir : le fripier travaillait dans les égouts, et approchait peut-être des dalles du caveau qu'il voulait piller.

Le lendemain, à quatre heures du soir, comprenant qu'il attendait en vain, Bill sentit le désespoir s'emparer de lui ; s'il n'apprenait rien ce jour-là, il n'avait plus qu'à prévenir l'autorité. Ce moyen lui paraissait cependant peu efficace, puisqu'il ne pouvait ni désigner exactement le lieu du crime, ni fournir la preuve de ses assertions. En outre, il avait entendu dire que dans la police de Londres, d'ailleurs merveilleusement organisée, il y avait beaucoup d'employés faisant cause commune avec les filous et les voleurs.

Tandis qu'il voyait ainsi diminuer ses chances de succès, il entendit du bruit dans la chambre du fripier. Rapide comme l'éclair, il se revêtit du costume d'un pauvre étudiant de l'école de Saint-Paul, se farda devant le miroir où se reflétait la porte de Smith et cacha sous sa redingote un manteau de gutta-percha.

Sa mère, qui tricotait avec ardeur dans un coin de l'appartement, poussa un soupir en voyant tous ces préparatifs et ne put retenir ces mots :

« Dieu veuille, Bill, que tu restes toujours honnête ! Ces déguisements ne me plaisent pas du tout. A quoi bon, si tes actions sont conformes à la justice ?

— Mère, ma bonne mère chérie, répondit Bill tendrement, aie confiance en moi encore jusqu'à lundi, alors tu sauras que ton Bill n'a rien fait de mal. »

Sur ces entrefaites, la porte du voisin s'ouvrit pour laisser passer un homme à barbe noire, habillé de noir et tenant un jonc à la main.

« A la bonne heure ! s'écria Bill, voilà une transformation ! On ne s'est pas donné beaucoup de peine. Il ne s'agit donc pas d'un rendez-vous avec Sampson ? Enfin, patience ! »

L'étudiant fut bientôt derrière Joanny, qu'il suivit à cinquante pas de distance, de Cheepside à la cathédrale, et de là jusqu'à Fleet-Street.

L'homme à la barbe noire ne détournait pas la tête. Plongé dans ses réflexions, il continua sa route jusqu'à la place du Parlement, où la vénérable abbaye de Westminster dresse ses deux tours gigantesques.

Il s'arrêta un instant, leva les yeux comme pour contempler cet édifice et se dirigea lentement vers le portail.

Bill entra sur ses pas. A cet instant des voix enfantines faisaient monter vers le ciel une harmonie délicieuse; il lui semblait entendre la troupe des anges répéter ce cantique : « Gloire à Dieu et paix sur la terre aux hommes de bonne volonté ! »

Il s'agenouilla pieusement : la prière le purifiait et faisait renaître le calme dans son âme; mais il ressentait en même temps un profond dégoût pour l'espionnage qu'il pratiquait depuis quelques jours, et il se demandait s'il ne valait pas mieux abandonner les fripons à eux-mêmes ou au bras séculier. Il allait prendre ce dernier parti, quand sa conscience l'avertit qu'il devait achever son œuvre; que la justice de Dieu et celle des hommes avaient droit à sa coopération, et qu'il ne devait rien négliger pour parvenir au but.

Pendant ce temps, Joanny Smith s'appuyait à la grande porte grillée qui conduit aux chapelles intérieures, et que les étrangers se font ouvrir pour en admirer les monuments et les tombeaux.

Il semblait s'impatienter du retard du sacristain, car il frappait parfois le pavé et secouait les barreaux en secret.

Que veut-il donc ? pensait Bill. Ce n'est pas la curiosité qui le conduit dans cette église, et encore moins une entrevue avec Sampson ; tout autre lieu eût été plus favorable.

Le problème était trop difficile à résoudre ; d'ailleurs, il n'avait pas le temps de réfléchir. Des curieux se précipitèrent vers la même grille, et le sacristain parut. Bill, l'écolier de la cathédrale de Saint-Paul, entra avec la foule.

On lui avait dit tant de merveilles des splendeurs renfermées dans ces chapelles, que son cœur tressaillit en se trouvant subitement dans le sanctuaire. Sa mère, qui l'avait visité autrefois, lui en avait décrit si souvent les tombeaux, qu'il crut reconnaître chaque pierre.

Comme il frissonnait en foulant les dalles où dorment les rois de la Grande-Bretagne, où les princes et les princesses ont échangé les grandeurs du monde pour un étroit tombeau de poussière, où des chevaliers bardés de fer ont trouvé le repos ! Ses regards s'arrêtaient pleins de tristesse sur tous ces monuments de marbre.

Le reste de la société se trouvait déjà dans la chapelle de Saint-Edmond quand il sortit de la première.

Quant à Joanny, il allait toujours en avant, disparaissant tantôt dans une niche, tantôt derrière une des nombreuses statues qui entourent les piliers.

Bill cependant ne craignait point qu'il lui échappât, puisque l'autre grille restait fermée par précaution ; mais en observant les allées et venues du fripier, il supposa que ce dernier voulait se cacher dans le sanctuaire. Dans quel but? Il le savait capable d'un sacrilège, néanmoins il ne pouvait s'imaginer que Smith méditât un vol relativement minime, quand il avait un million en perspective.

Tout à coup notre décrotteur se rappela que sa mère lui avait souvent parlé d'une légende, disant que si l'on enlevait, à minuit, une pierre du tombeau de saint Édouard, on réussirait dans toutes ses entreprises.

« Voudrait-il peut-être rendre le saint complice de son vol? se dit Bill. Il est assez superstitieux pour cela ; surveillons-le. »

Après avoir parcouru plusieurs chapelles, on était arrivé à celle de Saint-Édouard, au milieu de laquelle se dresse une châsse antique, merveille de richesse et de travail. Deux vieux fauteuils, vermoulus et grossièrement travaillés, attirent d'autant plus l'attention, qu'on s'explique plus difficilement leur destination dans ce saint lieu.

Tandis que le sacristain racontait l'histoire des différents monuments, le crépuscule avait envahi l'enceinte de l'église, et l'on se hâtait de terminer la visite. Joanny, profitant de cette obscurité, favorable à ses projets, se glissa dans une niche, où il resta à genoux et immobile, en sorte qu'on pouvait le prendre pour une statue. Ni le sacristain ni les étrangers n'avaient remarqué cette manœuvre, sauf l'écolier de Saint-Paul, qui s'enveloppa aussitôt de son manteau.

Le sacristain se plaça près de la sortie et invita le monde à se retirer. Bill saisit ce moment pour ramper jusqu'au tombeau d'un chevalier. Un léger frisson parcourut ses membres quand il se coucha sur le bronze glacé en croisant les mains sur la poitrine. Il craignait en outre de voir revenir le sacristain, qui l'eût trouvé en compagnie de Smith. Dans ce cas, il était menacé d'un grave procès : on l'aurait pris pour un voleur d'église.

Mais tout se passa mieux qu'il ne s'y attendait. Les pas des visiteurs se perdirent au loin, la porte de fer grinça dans ses serrures, et Bill resta seul avec le fripier.

La nuit était presque noire, faiblement éclairée par le rayon de la petite lampe brûlant dans la chapelle. Les hautes fenêtres cintrées tremblaient sous les efforts du vent envoyé par la Tamise, et les arbres frémissaient lugubrement autour de cette vaste cathédrale.

Joanny Smith sortit doucement de sa cachette pour se diriger vers le reliquaire.

Bill entendait claquer ses dents.

« C'est une démarche hasardée et terrible, murmurait le fripier. Que ce lieu est lugubre ! mes membres semblent brisés, je n'en puis plus ! »

Il marcha lentement et en tremblant vers un des sièges de bois et s'assit en poussant un soupir. Parfois il était secoué par la terreur; Bill s'en apercevait quand la lune se dégageait des nuages.

« Que c'est horrible ! continuait Smith; si seulement j'avais la pierre ! Je crains de voir les morts sortir de leurs tombeaux pour me la disputer. »

Un nouveau grincement de dents suivit ces paroles, et le silence n'était interrompu que par un brusque soubressaut du fripier.

Bill savait maintenant ce qu'il avait à faire. Onze heures et demie venaient de sonner; il ne lui restait donc plus que le temps nécessaire pour réfléchir et se préparer.

Les minutes semblèrent à tous deux une éternité. Enfin, après une longue et anxieuse attente, le timbre retentit dans l'édifice désert comme la trompette du jugement dernier. Les coups se suivaient monotones, lents, majestueux; chacun diminuait la distance qui séparait le fripier du talisman.

Quand le douzième eut sonné, Smith fit un mouvement pour se lever; mais ses pieds restèrent cloués au sol, il retomba comme paralysé dans le fauteuil.

Tout à coup une voix sourde se fit entendre du fond du tombeau sur lequel dormait, en face de lui, une sombre statue de chevalier. On eût dit que celui qui parlait s'efforçait de soulever le marbre pesant.

« Joanny Smith, cria la voix, pourquoi troubles-tu la paix de mon sommeil ? »

Le brocanteur ne répondit que par un violent claquement de dents.

« Joanny Smith, continua la voix, qui paraissait se rapprocher du bord, je te vois à travers mes paupières de bronze. Que fais-tu dans ce fauteuil ? qui t'a donné le droit de t'y asseoir ? Depuis quand les voleurs et les assassins occupent-ils le siège des rois ? »

Smith tomba sur le sol avec un soupir étouffé; toutes les statues de marbre parurent s'animer et le menacer de leurs bras de pierre.

« Grâce, grâce ! murmura-t-il.

— Relève-toi, relève-toi; je viens pour écouter ta demande. »

Le fripier jeta un grand cri, sa poitrine haletait.

Il se leva tout à coup, comme on le lui ordonnait, mais ce fut pour s'enfuir et non pour répondre.

« Arrête, gronda la voix, ne remue pas de cette place ! A la moindre tentative, ces tombeaux s'ouvriraient, et tous les défunts t'entoureraient dans une danse effrayante. Reste et écoute. »

Alors la statue d'airain se leva lentement sur son séant.

« Rien n'est caché à mes yeux, continua-t-elle d'un ton lugubre : je t'ai vu dans les égouts ; je t'ai vu dans la Tower avec Sampson ; je connais tous tes projets. Tandis que mon corps est couché dans l'éternel sommeil, mon âme erre sans repos pour trouver enfin son libérateur. Je suis venu te visiter dans les souterrains, où je me tenais invisible derrière toi ; j'ai vu tout ce que tu faisais. Tu es libre de tes actions, et l'argent ne me tente pas. Ne crains rien, parle. Viens-tu chercher une pierre du tombeau de saint Édouard pour que ton entreprise reste cachée ?

— Oui, soupira Joanny en proie à une angoisse mortelle, mais je m'en irai sans la pierre si tu me laisses partir en paix.

— Point du tout, tu auras la pierre. Un sort fatal y attache ma tranquillité ; c'est la millième qui échappe à ma surveillance, c'est elle qui me donnera le repos. Mais je ne puis retrouver le calme que si tu es sincère ; un seul mensonge détruirait ce que des siècles ont amassé péniblement. Je vais donc t'interroger. Si tu ne réponds pas franchement à une seule de mes questions, il me faudra de nouveau compter mille pierres ; mais toi, tu seras déchiré par mes vassaux et jeté en enfer. On ne se moque pas des morts impunément. »

Le fantôme leva la main droite.

« De quelle valeur est le trésor que tu veux voler ? » demanda-t-il.

Joanny hésita un instant ; mais, en voyant le chevalier faire un mouvement, il répondit en gémissant :

« Un million.

— Bien, tu as dit vrai, un million. Et le chemin pour y arriver s'ouvre devant toi ; mais c'est Sampson qui a fait tous les calculs et qui aura la moitié de cette somme.

« Ne voulais-tu pas précipiter Bill Bullen, le décrotteur, dans les égouts ? Ne voulais-tu pas le tuer pour l'empêcher de te trahir ?

— O esprit qui savez tout, c'était bien mon intention, gémit le fripier. Laissez-moi partir, laissez-moi vivre.

— Non seulement tu vivras, mais je te promets mon aide si tu dis la vérité. Tu vois que je connais toutes tes pensées; réponds maintenant avec franchise à ma dernière question :

« Dans quel caveau veux-tu pénétrer ? Comment se nomme le propriétaire ? où demeure-t-il ?

— Il s'appelle Robertson et reste à Salters-Hall, 1.

— Tu as subi l'épreuve, » reprit le chevalier; et comme il se recouchait lentement, une voix, paraissant venir des profondeurs de la tombe, dit avec solennité :

« Prends la pierre, tu peux partir; j'ai enfin trouvé le repos. »

Joanny courut rapidement vers la châsse, en détacha un morceau d'un coup de marteau, et s'éloigna plus mort que vif.

Le secret qu'il avait arraché au fripier produisit sur Bill une profonde impression; il s'agissait de son bienfaiteur, de son protecteur ; à tout prix il voulait le sauver.

Aussitôt que Smith fut sorti de la chapelle, le petit décrotteur se glissa jusqu'à la grille, qu'il franchit lestement, et se tapit derrière une colonne pour s'enfuir au matin, dès qu'on ouvrirait les portes de l'église.

VIII

BILL AVERTIT ROBERTSON

Bill n'avait pas de temps à perdre s'il voulait prévenir le généreux négociant. Mais à peine avait-il mis le pied sur le seuil de sa chambre, qu'il tomba sans connaissance. Son séjour dans les égouts avait affaibli son corps ; la nuit passée dans la chapelle de Saint-Édouard, au milieu de si vives angoisses, avait tellement surexcité ses nerfs, fatigué ses membres et son intelligence, que son regard trahissait une grave indisposition.

Il se raidissait cependant contre cette éventualité ; il ne voulait pas être malade au moment où la destinée de Robertson était dans ses mains. Mais la fièvre vainquit sa volonté si énergique. Couché sur son lit, en proie à une fièvre violente, il proférait des paroles si terribles, si sombres, si épouvantables, que sa mère en pleurs craignait pour sa raison.

Cependant les prières de la pauvre femme, ses soins assidus, la robuste nature de Bill, triomphèrent de la maladie, et le dimanche matin ce jeune homme, la veille encore si débile et si souffrant, sentit renaître de nouvelles forces avec la résolution d'agir promptement.

Sa mère, qui attendait son dernier soupir, l'embrassa en poussant un cri de joie quand elle le vit subitement en bonne santé.

Bill à son tour la pressa sur son cœur.

« Je te fais bien du chagrin, bonne mère, dit-il affectueusement, mais ce sera bientôt fini. C'est dimanche, n'est-ce pas ? j'entends les cloches de Saint-Paul. Vite, vite une bonne soupe, je dois repartir. »

Mme Bullen joignit les mains en versant un torrent de larmes.

« Non, non, répondit-elle résolument, tu resteras ici ; je le veux, et n'oublie pas, Bill, que tu dois obéir à ta mère.

— Mère, ma bonne mère, je sais que je ne puis agir contre ta volonté ; mais j'ai aussi la conviction que tu me blâmerais toi-même si je négligeais de préserver notre bienfaiteur de la misère, de la pauvreté et du désespoir. »

Ces paroles étaient dites d'un ton si grave et si mystérieux, que Mme Bullen voulut absolument pénétrer l'énigme dont elle cherchait en vain la solution depuis plusieurs jours. Bill eut peur de la blesser par un plus long silence et de voir ainsi s'évanouir la possibilité d'écarter de Robertson le danger qui le menaçait. Du reste, que pouvait-il redouter en révélant à sa mère son secret ? Il raconta donc brièvement ses aventures des derniers jours, et la supplia de ne pas l'empêcher de prévenir celui qui leur avait fait tant de bien.

Pendant ce récit, Mme Bullen était immobile comme une statue ; elle ne résista pas plus longtemps :

« Va, dit-elle, cher enfant. Tu as un devoir sacré à remplir, ne néglige rien. Le Seigneur est avec toi, il te protégera. »

Bill fit rapidement un bon repas, dit adieu à sa mère et courut à Salters-Hall.

« Monsieur est à Windsor, » répondit-on brièvement.

Aussitôt il s'élança vers le pont de Waterloo pour atteindre la gare de Sout-Western et se faire conduire à la résidence.

Le trajet ne fut pas long. Quelques instants plus tard, Bill apercevait les tours du château royal dessinées sur un ciel d'azur.

A peine arrivé, il s'informa de la demeure de M. Robertson. On lui répondit qu'elle se trouvait derrière le parc de la reine, mais que le négociant était au château avec sa famille.

Bill monta à la hâte le perron conduisant au manoir. Partout régnait le plus profond silence. Le sable frais, criant sous ses pas, augmentait encore par son léger bruissement le repos dominical.

Le petit décrotteur gravit le grand escalier, fouilla du regard les salons splendides, ouverts aux étrangers, et comme il ne découvrait nulle part celui qu'il cherchait, il passa dans les chambres de réception.

Mais il ne fit attention ni aux richesses royales répandues à profusion autour de lui, ni aux visages étonnés des visiteurs, dont l'imagination était éblouie par les récits des gardiens. Bill ne cherchait qu'une personne, et ne la découvrait à aucun étage.

En poursuivant sa course avec la plus grande anxiété, il parvint à la terrasse où les sentinelles marchaient de long en large, devant le pavillon de la reine, et aperçut dans le riche parterre, en face de la fenêtre, un homme qui contemplait avec admiration les fleurs favorites de la souveraine.

Il ignorait que l'entrée du jardin est interdite à tous ceux qui ne font point partie de la famille royale ; il savait seulement qu'il devait trouver M. Robertson, et cet homme pouvait lui donner peut-être quelques renseignements.

Il descendit donc les marches en toute hâte, tandis que les sentinelles, effrayées, accouraient pour le retenir ; mais l'admirateur des fleurs lui sourit amicalement, et fit signe aux gardes de se retirer.

« Que cherches-tu avec tant de précipitation, mon enfant? lui demanda ce dernier.

— M. Robertson, répondit Bill; je ne le trouve nulle part, et il faut que je lui parle.

— Peut-on savoir pourquoi tu es si pressé?

— Non, c'est un secret, je ne puis vous le dire. »

L'intendant tout effaré, arrivait en ce moment pour chasser Bill du jardin.

« Prince, fit-il hors d'haleine, qui a permis à cet enfant de pénétrer jusqu'à vous?

— Personne, répondit le prince; il a pris lui-même cette liberté. Quel mal y a-t-il à cela? Il cherche un certain M. Robertson; vous pourriez peut-être lui dire où il se trouve.

— Il y a une demi-heure que ce monsieur était ici, reprit l'intendant; il est rentré chez lui. »

Bill s'échappa comme un chevreuil; l'intendant le suivit.

« Comment as-tu osé importuner de tes question l'époux de la reine? » lui cria-t-il.

Notre décrotteur apprit ainsi qu'il avait parlé, sans le savoir, au prince Albert; mais il n'avait pas le temps de réfléchir à sa bévue.

« Je lui en demanderai pardon plus tard, dit-il, veuillez seulement m'indiquer le chemin de la demeure de M. Robertson. »

L'intendant eût préféré sans doute lui donner une correction; mais le prince Albert était derrière lui, et il dut satisfaire les désirs de l'enfant.

Bill suivit la large route qui traverse le parc. L'air embaumé rafraîchissait ses membres; mais arrivé à Snow-Hill, où s'élève la statue de Georges III, il fut obligé de se reposer un instant pour reprendre de nouvelles forces. Bientôt après il arriva à la sortie du parc et s'engagea sur le chemin qui conduit aux maisons de campagne.

Ses yeux fixaient la demeure qu'on lui avait désignée comme la villa Robertson, quand une voiture passa rapidement devant lui. Il tourna machinalement la tête; et, plein de joie et de terreur, il aperçut celui qu'il cherchait assis sur les coussins.

Il jeta un cri, mais son appel plein d'angoisse ne fut pas entendu. Les chevaux fringants allaient de si bon train, que l'équipage fut à une grande distance en quelques minutes.

Bill n'avait jamais eu l'habitude d'hésiter longtemps, et comme ici une prompte décison était de toute nécessité, il se mit à courir après la voiture, espérant ne pas la perdre de vue s'il ne pouvait l'atteindre.

Les habitants de Windsor suivaient de leurs yeux étonnés cet enfant qui, les cheveux au vent et hors d'haleine, se précipitait vers la gare.

Le train allait partir; la locomotive jetait dans les airs son cri strident, et les wagons s'ébranlaient quand Bill arriva tout essoufflé sur le perron et examina les voyageurs. Il eut bientôt découvert Robertson. Le voir et sauter dans son coupé, ce fut l'affaire d'un clin d'œil; aucun employé du chemin de fer n'avait remarqué ce tour de force.

Robertson fut très surpris de cette entrée sans façon d'un homme qui ne paraissait avoir aucun droit aux premières classes; mais il dut prendre patience, car le train volait déjà sur les rails.

Bill, incapable de parler, baigné de sueur, respirait avec peine. Robertson, une lettre à la main, laissait lire sur son front de sombres pensées, qu'augmentaient encore l'arrivée du petit décrotteur.

« Monsieur Robertson, balbutia celui-ci encore haletant, il faut m'écouter. »

Le négociant reconnut alors son protégé, et répondit avec un sourire :

« Ah! c'est toi, Bill? Il faut avouer que tu choisis drôlement ton temps. Je t'ai dit, il est vrai, de venir me trouver quand tu serais dans le besoin; mais ne te méprends pas sur mes paroles, je ne regarde pas ce coupé comme un endroit favorable.

— Monsieur Robertson, répondit Bill, coupé ou non coupé, je vous aurais cherché jusque dans la chaire de l'église. Il ne s'agit pas de moi, mais de vous-même. Retournez sur vos pas, courez à Londres, d'audacieux bandits percent votre caveau pour vous voler. »

Le négociant pâlit.

« Comment le sais-tu ? fit-il.

— C'est une longue histoire, reprit l'enfant ; je vous la raconterai plus tard ; mais revenez à Londres, pour l'amour de Dieu. »

Le convoi roulait toujours avec une force irrésistible, pendant que Bill racontait en peu de mots tout ce qui se rapportait au vol.

Robertson pâlissait de plus en plus. Il relut la lettre qu'il tenait encore à la main.

« Mon garçon, ajouta-t-il, je crois que tu dis la vérité ; nous repartirons à la prochaine station. Vois-tu cette lettre ? elle vient de Londres et m'invite à me rendre à Dublin, où mon père est mourant.

— Oh ! oh ! s'écria Bill, c'est l'œuvre de Sampson, qui a déclaré connaître les moyens de vous éloigner, vous et vos gens. »

A la première halte Robertson prit un train spécial, et revint à Londres à toute vapeur.

IX

LE VOL

On peut facilement s'imaginer que le commerçant n'épargna ni argent ni promesses pour marcher avec la plus grande rapidité. Celui qui connaît les trains anglais sait ce que cela veut dire, et cependant Robertson croyait n'avoir jamais voyagé si lentement. Il offrit au mécanicien une somme considérable s'il forçait la vapeur; l'ouvrier lui montra le manomètre :

« Encore un peu, et nous sautons, » dit-il.

C'était une déclaration à laquelle on ne pouvait rien objecter, et elle devait être vraie, car les passants s'arrêtaient aux barrières avec épouvante pour regarder cette course affolée.

« Enfin, Dieu soit béni ! dit Robertson en descendant du train. Un cab, vite un cab ! »

Une de ces élégantes voitures se présenta. Nos voyageurs s'y précipitèrent.

« Guildhall ! » cria-t-on au cocher, et le cab partit au galop.

Guildhall est le célèbre édifice où le lord-maire, véritable roi de la City, tient séance tous les jours.

On arriva dans une grande salle, elle était vide : ni lord-maire, ni alderman, ni employé. Robertson fut mécontent de cette solitude. Il avait espéré obtenir tout de suite un mandat d'arrêt, mais les bureaux ne s'ouvraient pas le dimanche. On courut à Mansion-House ; ici encore même difficulté, le repos dominical paralysait la police. Robertson cependant, après quelques débats, parvint à rassembler une demi-douzaine d'agents avec lesquels il marcha vers la rue des Fripiers.

L'approche de tant de monde, et surtout la présence de Bill Bullen, qu'on connaissait partout, excita la curiosité de tous les voisins. Mais Bill faisait la sourde oreille; et comme les cris et les questions se croisaient de toutes parts, il mit le doigt sur ses lèvres à la manière de Joanny et continua son chemin. Les policemen étaient impénétrables, comme d'habitude ; la foule curieuse en fut pour ses frais.

Toute la troupe s'arrêta devant la maison de Joanny. Le chef saisit le marteau et le fit retentir trois fois en criant :

« Joanny Smith, au nom de la loi, ouvrez votre porte, et écoutez l'accusation portée contre vous. »

Il répéta cette sommation; mais celui qu'on appelait ne donna pas de réponse, tout occupé qu'il était à un travail pour lequel il ne réclamait point le secours de la police.

La loi anglaise accorde au citoyen protection dans sa demeure; sa maison est sa forteresse. Nul ne pouvait donc entrer; mais on plaça devant la porte des agents en sentinelle pour empêcher les voleurs de s'enfuir si l'accusation se montrait fondée.

Ce fut une véritable distraction pour les habitants de la rue des Fripiers. Sans savoir de quoi il s'agissait, ils étaient certains qu'on avait surpris Joanny Smith dans une occupation qui craignait plus la lumière du jour que toutes ses marchandises.

Pour goûter, sans en rien perdre, le plaisir de voir arrêter le vieux fripon, les femmes apportèrent des bancs et des chaises devant leurs maisons, s'installèrent à leur aise, et attendirent avec impatience le moment où il ouvrirait sa porte ou sa fenêtre pour tomber entre les mains de la police.

Mais la nuit s'approchait, et aucun incident n'était venu satisfaire l'avidité des curieux.

Tandis que les femmes, trompées dans leur espoir, regagnent leurs obscures mansardes, que sont devenus Bill et Robertson?

A peine avait-on placé les sentinelles devant le magasin de Joanny, qu'ils se dirigèrent vers les bureaux du commerçant. Tout était silencieux à Salters-Hall, 1. Personne ne répondait aux coups de marteau, redoublés avec précipitation. Ce n'était pas bon signe. Ordinairement plusieurs domestiques accouraient avant même d'entendre le signal : pourquoi ne voyait-on personne aujourd'hui ?

Dans son impatience, Robertson frappa avec tant de force, que le voisin mit la tête à la fenêtre en criant :

« Hé ! Monsieur, vous pouvez frapper encore longtemps : tout le personnel paraît s'être accordé un bon dimanche, et John, le portier, est au Bœuf d'or, où il boit tranquillement de l'ale. »

Bill se disposait à s'élancer vers l'auberge, quand John, vacillant, arriva pour ouvrir la porte.

« Où sont mes gens ? demanda Robertson.

— Monsieur doit le savoir mieux que John, répondit celui-ci en bégayant. Monsieur nous a écrit à tous de venir à Windsor et d'y attendre son retour d'Holy-Head. John aurait bien voulu être de la partie, mais John doit toujours rester à la maison ; John est condamné à n'avoir jamais un dimanche agréable.

— Bill, répondit Robertson, tu as dit la vérité : on les a tous éloignés, et cet homme est ivre ; nous voilà réduits à nos propres forces. Je n'ai pas pensé à prendre des agents avec moi, et c'est ici qu'ils seraient nécessaires, puisque là-bas ils ne gardent qu'une porte fermée. Faisons de nécessité vertu. As-tu du courage?

— Pour dix hommes, Sir, répondit Bill.

— A l'œuvre donc, » ajouta le négociant en fermant la porte et en donnant à l'ivrogne l'ordre de rester près de la fenêtre, de faire monter les agents qui passeraient dans la rue et de les conduire à la cave. Puis il prit rapidement des armes, alluma une lanterne et descendit dans le souterrain.

Au premier coup d'œil il vit que le vol était accompli. Les tonneaux avaient été descendus par un grand trou percé dans le plancher, et l'on apercevait au fond de l'égout une lumière briller près de ses trésors, tandis que les échos répétaient un roulement lointain.

Robertson, hors de lui, s'arrachait les cheveux et voulait se précipiter dans le gouffre pour sauver ce qui restait encore, mais Bill le retint.

« Non, lui dit-il, en agissant ainsi nous gâterions tout. Si les voleurs nous apercevaient ils prendraient la fuite. Ils connaissent les égouts mieux que nous ne connaissons les rues de Londres, et au bout de cinq minutes nous serions dans un labyrinthe d'où nous ne pourrions sortir que par miracle. Pendant ce temps, ils auraient assez d'audace pour venir chercher les autres barriques et se mettre eux-mêmes en sûreté. Du reste, ces deux hommes ne reculeraient pas devant un meurtre, et là-bas vous seriez entièrement à leur merci.

— Mais connais-tu donc un autre moyen, Bill ?

— En voici un qui n'est pas dangereux, et conservera votre argent jusqu'au dernier penny ; mais il faut de la patience et de la confiance.

— Ce serait... ?

— De m'enfermer dans un tonneau que vous feriez descendre par l'ouverture. Les fripons reviendront et l'emporteront avec autant d'avidité que les autres. Je serai alors dans le voisinage de vos richesses, et je pourrai savoir où elles sont cachées. Ce serait déjà beaucoup, mais j'ai encore une autre idée : c'est de leur enlever ce qu'ils vous ont pris et de vous le ramener. »

Robertson écoutait le décrotteur en secouant la tête :

« Bill, reprit-il, je sais que je peux me fier à toi ; mais tu me proposes un moyen désespéré, puisque je laisserai un million entre les mains d'un enfant.

— Cela ne vaut-il pas mieux que de l'abandonner aux mains de deux scélérats? » interrompit Bill, dont les yeux exprimaient l'orgueil froissé et le mécontentement en voyant ce peu de confiance.

« Sir, continua-t-il, une plus longue hésitation vous ruinerait complètement ; je vous en prie, décidez-vous sans retard à sauver votre fortune. Si ces bandits reviennent avant l'exécution de notre ruse de guerre, tout est perdu. »

Robertson se tordait les mains, ne sachant à quoi se résoudre.

« Toi, tu n'as rien à risquer, répondit-il brusquement; mais moi, je perds tout.

— Vous vous trompez, répliqua Bill d'un ton décidé. Vous n'avez qu'à perdre de l'argent, tandis que Bill Bullen, le pauvre décrotteur, expose sa vie; et, s'il la perd, il laisse ici-bas une pauvre mère qui aime son Bill autant que le lord-maire aime son enfant et Robertson son million. D'ailleurs, si vous descendez vous-même, si vous attrapez ces fripons, si vous sauvez ce que vous voyez encore, qui vous dit que des complices n'ont pas déjà mis en sûreté les tonneaux disparus ? »

Robertson dut s'avouer intérieurement que l'enfant avait plus de ruse et de réflexion que lui, l'homme d'un âge mûr. Dans ces circonstances il ne pouvait qu'accepter la proposition de Bill.

Il roula donc d'un coin de la cave une barrique où le petit décrotteur fut enfermé entre des étoupes et de la paille, qui devaient amortir les secousses.

« Un peu d'air seulement pour pouvoir respirer, pria l'enfant. Fermez solidement le couvercle, il ne se détachera pas dans la chute. »

Le négociant mit un certain temps à ce travail. Quand tout fut terminé, Bill commanda :

« Allons, vivement par le trou ! »

Le tonneau tomba avec un bruit sourd, et Bill annonça à Robertson qu'il vivait encore en criant :

« Bien arrivé, à moitié gagné ! »

John de son côté épiait depuis longtemps le passage d'un policeman. Enfin il en avait découvert un, qu'il fit entrer par la fenêtre après beaucoup d'explications, et le conduisit à la cave au moment même où la barrique disparaissait.

« Monsieur, dit l'agent, on m'a forcé de m'introduire ici d'une drôle de manière ; j'espère que ce n'est pas malgré vous? »

Robertson montra l'ouverture :

« Je suis volé, ajouta-t-il, on m'enlève toute ma fortune par là. »

Aussitôt le policeman fit mine de se précipiter. Le négociant l'en empêcha.

« Il n'y a rien à faire, dit-il. Courez en toute hâte près de votre chef; qu'il donne l'ordre d'arrêter pendant cette nuit sur la Tamise tous les bateaux ayant des tonneaux à leur bord. »

Le policeman lui demanda une lettre explicative et s'élança dans la rue. John reprit son poste près de la fenêtre, et Robertson guetta le retour des deux voleurs.

Ce ne fut pas long. Au milieu de l'obscurité de la cave, il pouvait très bien les apercevoir tirant une charrette derrière eux.

« Un, deux, trois, quatre, cinq! compta Joanny. Je croyais qu'il n'en restait plus que quatre, mais cinq c'est encore mieux. Oh! Sampson! quel vacarme il y aura demain quand il reviendra avec ses domestiques et trouvera ses tonneaux disparus sans permission. Ah ! ah ! ah !

— Ne ris pas tant, fit Sampson irrité, qui sait ce qui peut arriver? J'en ai déjà la chair de poule. Chargeons, en route ! »

D'un brusque mouvement ils saisirent le tonneau qui renfermait Bill.

« Il est bien léger, remarqua Sampson.

— Ce sont des billets de banque, » dit l'autre en le disposant sur le chariot.

Quand Robertson vit toute sa fortune disparaître dans ces couloirs souterrains, il éprouva la sensation terrible de la pauvreté et eut besoin de tout son empire sur lui-même pour ne pas se jeter dans les égouts et tenter un combat à outrance. Qu'arriverait-il si l'on ne découvrait pas le bateau? si Bill était enterré vivant dans sa prison, ou si peut-être il était de connivence avec les voleurs?

Malgré le peu de fondement de ce dernier soupçon, il revenait sans cesse dans son esprit. N'y tenant plus, Robertson courut à la police comme un insensé, et fit mettre sur pied toutes les brigades. Les conseils de Bill étaient oubliés; toute la troupe vint à Salters-Hall et descendit avec des torches. Robertson marchait en avant dans les canaux fangeux.

On se sépara en deux bandes : l'une devait chercher la trace des criminels, et l'autre suivre le long couloir pour les empêcher de fuir du côté opposé à la Tamise. Pour ne pas s'égarer, on tenait des cordes que l'on traînait par terre.

Jamais les égouts n'avaient vu tant de monde. L'obscurité faisait place à l'éclat rougeâtre des flambeaux; et les rats, qui depuis des siècles avaient le privilège de n'être poursuivis qu'à la lumière blafarde d'une lanterne, se voyant découverts dans leurs plus profondes retraites, recommencèrent en rangs pressés une nouvelle émigration.

Malgré toutes les recherches, on ne rencontra pas d'autres créatures ; nulle trace des tonneaux d'or; et, comme l'on s'en aperçut bientôt, on s'était éloigné de la Tamise, laissant ainsi aux voleurs le temps de mettre le million en sûreté.

A l'aide du fil conducteur, la bande revint épuisée à son point de départ et remonta dans la maison de Salters-Hall, où se trouvaient déjà une foule de curieux qui devinaient un événement extraordinaire sans pouvoir en déterminer la nature.

X

BILL MET LE FRIPIER EN FUITE

Nous avons vu les démarches de Robertson n'aboutir à aucun résultat. Suivons maintenant Bill, roulé dans son tonneau sur le chariot.

Il approchait l'oreille des trous percés à la hâte dans le couvercle; mais le bruit des roues l'empêchait de comprendre quelque chose à la conversation des voleurs.

Après avoir fait de longs détours, la voiture s'arrêta enfin, et Sampson dit en baissant la voix :

« Par prudence, examine d'abord ce qui se passe sur la Tamise. Ne remarques-tu rien?

— Rien n'est changé, reprit Joanny; je vois les mêmes lumières, mais il fait si sombre, que l'on ne distingue pas sa propre main. Si seulement nous avions passé Custome-House ! Les douaniers qui s'y trouvent peuvent voir à travers une planche de sept pouces. Il faut donc être sur nos gardes, car si nous sommes surpris, non seulement le million est perdu, mais il y va de notre vie. »

Bill écoutait de toutes ses oreilles. Il entendit tirer d'une encoignure un bateau sur lequel on chargea les barriques; puis les voleurs prirent les avirons et poussèrent l'embarcation dans le fleuve.

Ce travail se fit dans le plus profond silence. Ils trouvèrent d'abord la Tamise libre devant eux; mais bientôt ils arrivèrent à une place où les bateaux, placés bord à bord, se disputaient le passage.

Les rames étaient entourées de chiffons pour éviter le bruit; néanmoins on frôla d'autres nacelles dans l'obscurité, ce qui donna lieu à des altercations avec les matelots, et l'on courut risque d'en venir aux mains.

Sampson, peu familiarisé avec les habitudes des bateliers, tremblait à chaque mouvement. Ne sachant pas guider le gouvernail, il comprenait souvent mal les ordres de Smith, et, dans sa hâte à corriger ses méprises, ne faisait qu'augmenter la confusion. Cette maladresse irrita tellement le fripier, qu'il menaça son complice de l'assommer avec sa rame s'il n'était pas plus attentif.

La lune s'était levée sur ces entrefaites, et l'on apercevait le chenal à quelque distance. Les bateliers profitèrent de ce moment pour se mettre hors de la portée des nombreux navires qui remontaient et descendaient la Tamise.

Bill, pensant qu'il était temps de soulever le couvercle de sa prison pour voir de ses propres yeux ce qui se passait autour de lui, fit un effort; mais la planche ne céda point. Il était cependant dangereux pour lui d'employer toute sa vigueur, le bruit aurait pu éveiller l'attention des deux bandits. Il attendit donc une circonstance plus propice qui se présenta bientôt.

Deux bateaux s'étant fait quelques avaries par un choc mutuel, il s'éleva entre les matelots une violente dispute qui couvrit les cris du voisinage.

« Maintenant je puis agir, » se dit Bill; et, s'arcboutant avec la tête et les pieds, il réussit à soulever le fond du tonneau.

En respirant le grand air, il éprouva un vif sentiment de joie, car, bien qu'il fût encore entre les mains de ses ennemis, il aimait mieux sauter dans la Tamise, en cas de nécessité, que d'être enterré vivant dans quelque coin au fond de son tonneau.

Caché d'ailleurs par les autres barriques, il pouvait observer tout ce que l'on faisait sans risquer d'être vu.

Le canot descendait lentement sous l'arche d'un pont en pierres que parcouraient sans cesse des camions et des omnibus.

Joanny Smith amarra dans l'obscurité de la voûte en appelant Sampson à voix basse. Celui-ci

Sur la Tamise.

vint aussitôt; leurs corps se détachaient comme des silhouettes au bord du canot.

« Sir, dit le fripier, voici maintenant le plus difficile. Plus nous avançons, plus le péril augmente; pour ma part, je ne crains rien, puisque j'ai pris au tombeau de Saint-Édouard la pierre qui me tirera de tout embarras. Mais vous, Sampson, vous avez toujours eu peur, et je crains que vous ne gâtiez tout si un danger sérieux nous menace. Que ferez-vous quand on nous hélera de Custome-House? Si nous gardons le silence, on tirera sur nous.

— Je n'ai jamais eu peur, répondit Sampson d'une voix tremblante, et je ne redoute rien en ce moment; mais si l'on tire, notre vie est menacée.

— Alors que ferez-vous?

— Je n'en sais rien; on y pensera au premier coup.

— Tonnerre! fit vivement le fripier, une lumière se dirige vers nous. Baissez-vous, on nous a vus. »

Sampson se pencha pour découvrir un falot qui n'existait pas.

« Je ne vois rien, dit-il.

— Où avez-vous donc les yeux, reprit son perfide complice. Baissez-vous davantage, nous allons être surpris. »

Sampson se coucha sur le bord de la nacelle, et le fripier, d'un coup vigoureux, le précipita dans la Tamise. L'eau s'entr'ouvrit, l'employé de la banque avait disparu.

Le meurtrier saisit un morceau de bois en examinant attentivement l'agitation de l'eau. Au bout de quelques instants, la tête de Sampson revint à la surface, et ses mains cherchèrent dans l'obscurité un objet pour s'y cramponner, tandis que ses lèvres poussaient un cri déchirant.

Loin de tendre une main secourable au malheureux pour l'arracher à la mort, le fripier lui assena un coup violent et le rejeta dans la vase de la Tamise.

« Maintenant, Joanny se dit-il, te voilà millionnaire ! Tu n'as plus à craindre une trahison ni à partager ton trésor... Après tout, j'étais en cas de légitime défense ; ce barbouilleur de chiffres pensait sans doute à se débarrasser de moi, je n'ai fait que prévenir son attaque. Il aurait été content si je m'étais laissé prendre au piège; mais je l'ai bien deviné. Dès le principe il avait l'intention de garder le trésor pour lui seul; maintetenant les rôles sont changés, et cela vaut mieux... Encore un peu de courage; bientôt j'aurai atteint la place où m'attendent les camionneurs. Ces imbéciles ! ils me prennent pour un contrebandier et se réjouissent de m'aider à tromper Custome-House, mais eux-mêmes seront les premiers dupés !... »

Tout en parlant ainsi, il s'appuyait au mur pour faire avancer la barque.

Bill avait été témoin de l'horrible scène qui avait coûté la vie à un homme. Ce n'était pas la crainte qui l'avait empêché de s'élancer au secours de Sampson et d'arracher la massue au meurtrier; mais l'attaque avait été si soudaine, qu'il s'était senti comme paralysé sans pouvoir jeter un cri. Quand on eut dépassé le pont, et que l'air frais de la nuit frappa son visage, Bill revint à lui, et son âme ressentit une vive horreur pour le misérable qui, de sang-froid, joignait l'assassinat à la rapine.

Il était bien résolu à ne pas le laisser jouir de son vol, et pour parvenir à son but il bâtit son plan sur la crédulité du fripier; il craignait cependant que sa voix ne tremblât d'émotion, alors tout serait perdu. Aussi préféra-t-il attendre le calme en s'armant de prudence.

Cependant le fripier ramait avec ardeur, évitant soigneusement le moindre bruit. On approchait peu à peu de Custome-House, lorsqu'il se vit arrêté par une flotte entière qui, tenant toute la largeur de la Tamise, avait ordre d'examiner le chargement des navires.

« Au diable! jurait un capitaine. Faut-il que tous les honnêtes marins soient arrêtés ici, parce qu'un fripon quelconque a volé des tonnes d'or? Si je le tenais, il se balancerait déjà au bout de mes vergues! »

Saisi d'effroi, le fripier rama en arrière; il n'avait pas pensé que le vol pût être déjà connu.

Bill allait se glisser hors du tonneau et crier: « Au secours! au secours! arrêtez le voleur! » mais Smith avait détourné rapidement sa barque pour gagner l'autre rive.

Tout à coup celui-ci se leva en sursaut au

milieu du fleuve, épouvanté par une voix terrible qui, une fois déjà, avait glacé le sang de ses veines.

« Joanny ! criait-on comme dans le lointain, et le fripier dirigea involontairement ses regards vers les tours de l'abbaye de Westminster; Joanny ! tu as commis un meurtre; tes mains fument du sang de ton complice! Tu es un fourbe et un lâche! A la chapelle de Saint-Édouard, tu me promettais de rendre le repos à mon âme, et tu m'obliges, par tes mensonges, d'attendre encore mille ans! Pourquoi ne m'as-tu pas dit que tu voulais tuer Sampson? »

Les dents du fripier claquaient de terreur.

« Esprit qui savez tout, gémit-il, je ne l'ai pas tué; c'est son imprudence qui lui a coûté la vie. »

A peine ces mots étaient-ils sortis de ses lèvres, que la voix retentit au-dessus de sa tête, en criant d'un ton irrité :

« Infâme menteur ! le plus vil de tous les coquins ! tu oses me tromper, moi que tu appelles toi-même l'esprit qui sait tout ! Ta perfidie me force à quitter mon tombeau et à planer sans cesse dans les airs. »

Smith tremblait de tout son corps, mais la voix continua :

« Dois-je descendre dans le fleuve pour y chercher celui que tu as assassiné? Faut-il le jeter à tes pieds pour que tu puisses examiner ton œuvre à loisir?

— Grâce! grâce! balbutia le meurtrier.

— Point de grâce! dit le fantôme. Regarde du côté de Custome-House : là sont les agents de la loi qui t'attendent pour te livrer à la justice... Je t'aurais protégé si tu avais été fidèle; je t'aurais conduit à travers tous les obstacles; mais ta bassesse a fait de moi ton accusateur, et rien ne te sauvera. Quand même tu aurais des ailes, tu ne m'échapperais pas, car à mon ordre tous les morts de Westminster se lèveraient et parcourraient la terre d'un pôle à l'autre pour te découvrir. »

Et la voix jeta ce cri perçant: « A la garde! à la garde! »

A ces mots le fripier perdit toute sa présence d'esprit; il oublia la menace qu'il venait d'entendre et ne pensa plus qu'à fuir. Mais où? l'eau seule pouvait le mener au rivage, et c'était dans ces flots, ô horreur! qu'il avait jeté le cadavre de sa victime! Il hésitait; mais quand un second appel traversa de nouveau les airs, il s'élança dans la Tamise la tête la première, en cherchant à se sauver à la nage. Vingt fois il fut sur le point de se noyer; il lui semblait que la main glacée de Sampson le tirait par les pieds ou que ses yeux immobiles lui lançaient des regards effrayants.

Bill, qui avait atteint son but, poursuivit encore Joanny de quelques menaces, puis il se glissa doucement hors de sa prison et examina la surface de l'eau.

Le fripier reparut à quelque distance et se dirigea vers la rive. Il faisait trop sombre pour courir après lui, et Bill s'inquiétait peu de la direction que prenait l'assassin. Son devoir était, avant tout, de remettre la précieuse cargaison aux mains de son bienfaiteur. Cette tâche n'était pas facile: si ceux qui avaient jeté l'ancre devant lui avaient le moindre soupçon de la contenance des tonneaux, c'en était fait du million et de sa propre vie. Parmi ces marins il y en avait beaucoup sans doute qui eussent accepté avec plaisir l'héritage de Joanny, et comme ils étaient moins superstitieux et plus hardis, il fallait se mettre en garde contre ces nouveaux ennemis.

Dans son incertitude, il s'adressa à Dieu, comme il avait coutume de le faire quand il entreprenait une chose importante.

« Il saura me délivrer du danger, se dit-il, car il lit dans tous les cœurs, et il peut éloigner ces vaisseaux de ma route ou m'en faire des protecteurs. »

Pendant sa prière, le canot descendit la Tamise lentement et sans bruit, pour s'arrêter sous le beaupré d'un gros navire marchand. Ce fut pour lui un avertissement du ciel; il attendit jusqu'au matin sous la protection du colosse.

Sa confiance vacillait cependant chaque fois que le vaisseau éprouvait un léger roulis; il avait peur et s'attendait à voir les matelots sauter dans sa barque et lui enlever son trésor. Pour la première fois de sa vie, il comprenait ce qu'il en coûte de commander à un million. La crainte, l'angoisse, la terreur s'étaient si bien emparées de tout son être, qu'il maudissait le moment où il s'était fait enfermer dans la tonne.

Aussi sa joie fut-elle d'autant plus grande quand il salua le premier rayon du jour. Jamais il ne lui avait paru si beau, quoique le soleil fût en lutte avec le brouillard et employât toute sa chaleur pour vaincre cet ennemi de la capitale.

Dès que Bill put distinguer les objets, il saisit les rames, se dirigea vers les vaisseaux, qui formaient une forêt de mâts, et se mit à leur suite.

Les employés de Custome-House étaient très occupés dans leurs visites, et l'on voyait au loin les embarcations démarrer successivement après l'inspection.

Bill attendait son tour avec impatience, craignant sans cesse d'exciter la convoitise des voisins. Il fut bientôt tiré de ce pénible embarras.

Deux employés passaient dans une petite barque à travers les intervalles laissés par les navires, et se dirigeaient vers son canot. De loin leurs yeux de lynx avaient découvert les tonneaux. Ils sautèrent aussitôt près de Bill, jetèrent des regards avides sur la cargaison et demandèrent haletants :

« Quel est ton chargement? »

Malgré son désir d'être délivré de ses angoisses, Bill réfléchit un instant.

Bill saisit les rames et se dirigea vers les vaisseaux.

« Que m'arrivera-t-il si je me tais? demanda-t-il.

— On te traînera d'abord en prison, on examinera tes tonneaux, et tu comparaîtras devant les juges. »

Le décrotteur tremblait de plus en plus; il balbutia d'un air stupide:

« Et tout serait néanmoins découvert, n'est-ce pas ?

— Sans doute. »

Il hésita encore comme s'il se parlait à lui-même, puis tout à coup cria résolument:

« A quoi sert de mentir, si tout se découvre? Les remords m'accablent, et je voudrais empêcher l'affreux malheur que causeront ces barriques... Écoutez, mes bons messieurs, elles renferment d'horribles machines infernales, destinées à l'empereur des Français... Je suis entre vos mains; conduisez-moi à terre avec ma cargaison, là vous apprendrez pour qui je travaille. »

Aussitôt les employés firent un bond en arrière et se réfugièrent dans leur barque.

Bill se mordit les lèvres pour ne pas éclater de rire.

« Hé! Messieurs, tant qu'on n'essaye pas d'ouvrir les tonneaux, on ne court aucun danger; j'ai bien passé toute la nuit en leur compagnie, et me voici encore vivant. »

Les douaniers, remis de leur frayeur, remontèrent près de Bill, dont ils lièrent les pieds et les mains, attachèrent le bateau à leur nacelle et se dirigèrent à toutes rames vers Custome-House.

La nouvelle d'une batterie de machines infernales s'était répandue comme l'éclair parmi les marins qui, du haut des vergues, regardaient passer cet homme terrible, sur le point d'entrer en France avec sa contrebande, et les plus craintifs reculaient vivement pour ne pas être en contact avec ces engins homicides.

Tous furent gravement désappointés en n'apercevant qu'un jeune garçon, tandis qu'ils s'étaient imaginé voir un homme à barbe épaisse, dont les yeux ne respiraient que le sang et le meurtre. Cependant, malgré sa jeunesse, on le croyait coupable, car le pauvre Bill, quoique garrotté, ne pouvait s'empêcher de rire des précautions dont on l'entourait; il donnait donc lui-même sujet de croire qu'il était un malfaiteur endurci.

XI

ROBERTSON RECOUVRE SES RICHESSES

Inutile de dire que Clifton Robertson était resté sur pied toute la nuit et avait mis en mouvement toutes les autorités de Londres. A la première ruelle, il était descendu vers la Tamise, courant sur le rivage, et s'enquérant avec anxiété de ses tonneaux. Comme il ne les trouvait nulle part et que les recherches de la police restaient infructueuses, il avait pris une barque pour sillonner le fleuve dans tous les sens.

Il revenait d'une course inutile quand le canot de Bill stoppa devant Custome-House. On lisait sur le visage de Robertson l'expression du désespoir, et ses traits trahissaient les angoisses qui l'avaient torturé toute la nuit.

Ses yeux mornes et inquiets se promenaient sur tous ces navires, lorsqu'il aperçut le bateau arrivant avec le malheureux Bill. Alors, retrouvant toute sa présence d'esprit, il descendit l'escalier d'un seul bond, et fut dans le bateau avant que les douaniers eussent pu l'en empêcher.

« Au nom du ciel ! faites attention, lui crièrent-ils ; les tonneaux renferment des machines infernales. »

Bill partit d'un éclat de rire.

« C'est vrai, dit-il, mais elles ne sont pas dangereuses pour M. Robertson ; il peut les ouvrir sans se blesser. »

Mais le négociant n'avait aucun sourire pour le petit décrotteur. Toutes ses pensées se concentraient sur ce trésor qu'il avait cru perdu. Ses joues reprirent leur couleur, son regard atone s'anima et lança des éclairs ; ses bras enlacèrent les tonneaux comme une mère étreint l'enfant qu'elle vient de retrouver.

Cependant Robertson avait une nature bonne et droite, il possédait les nobles sentiments qui sont la parure du cœur humain, mais il ne pouvait se soustraire à cette influence magique que l'argent exerce sur ceux qui en ont gagné ou amassé beaucoup. Tout son corps tremblait d'émotion, mais ce n'était pas cette douce satisfaction que l'âme éprouve après une bonne action ; non, c'était la fièvre de posséder, jointe au souci de conserver.

Bill suivait tous ses mouvements ; il se réjouissait avec lui de son bonheur, mais il souffrait de voir que Robertson, tout occupé de ses tonneaux, n'avait pas un regard pour lui et ne songeait qu'à examiner attentivement s'il ne manquait pas une poignée d'or, si un cercle n'était pas brisé ou un couvercle ébranlé.

Enfin le millionnaire détourna les yeux de ses richesses et les reporta sur Bill, qui lui souriait amicalement en lui disant avec gaieté :

« Pardon, si je ne me lève pas pour vous féliciter; il faut s'en prendre aux cordes avec lesquelles ces messieurs m'ont lié pour m'empêcher de mettre le feu à ces machines infernales. »

On pouvait croire que Robertson allait sauter au cou de l'enfant; mais non, il restait silencieux devant lui et le regardait avec défiance, comme si ces liens faisaient germer en lui l'idée que Bill lui-même avait voulu toucher à sa fortune.

Avouons à sa louange que ce soupçon ne dura qu'un instant.

« Enlevez ces cordes ! commanda-t-il; ce gamin a plus d'esprit que vous tous, et sa fidélité est réellement plus éprouvée que l'or de ces barriques. »

Robertson serra affectueusement l'enfant dans ses bras : c'était un remerciement sincère qui ramena la joie dans le cœur de Bill.

Le négociant voulut alors savoir comment l'or avait été sauvé, et ce qu'étaient devenus Sampson et Joanny Smith.

Bill lui montra la foule rassemblée autour du bateau.

« Mettons d'abord les machines en sûreté, dit-il ; je vous raconterai tout ensuite jusqu'aux moindres détails. »

Robertson approuva ce conseil ; il déclara aux employés, qui du reste l'avaient déjà deviné, que les soi-disant machines étaient simplement les tonnes d'or que leur perspicacité n'avait pu découvrir, et que Bill Bullen le décrotteur les surpassait tous en ruse, en finesse et en persévérance.

« Cependant, ajouta-t-il, vous recevrez la récompense promise à qui retrouverait le trésor. »

Son premier soin fut de cacher son million dans les caveaux de la banque royale, où il était moins exposé aux attaques des chevaliers d'industrie.

Délivré de ce souci, il voulut que Bill l'accompagnât à Salters-Hall, n° 1, pour faire, en présence de toute la famille, un rapport détaillé sur les événements de la nuit.

Il était déjà tard quand Bill, à la fin de son récit, se leva pour aller tranquilliser sa mère et lui prouver qu'il avait échappé à tous les périls.

« C'est bien, dit Robertson ; mais demain tu reviendras ici avec Mme Bullen pour rester toujours avec nous. »

Bill partit ; il était temps qu'il revînt à la maison, car sa mère était dans les plus grandes inquiétudes, et tous les meilleurs discours des voisines, qui la torturaient de leurs consolations, ne parvenaient pas à la distraire de la pensée que son fils avait été transporté en France pour mourir sous la guillotine.

En effet, une nouvelle effrayante avait circulé dans la rue vers midi. On avait, disait-on, arrêté une bande d'assassins se disposant à partir pour Paris dans le dessein de faire sauter les Tuileries. Leur chef était Bill Bullen, qui avait déjà passé vingt ans dans les prisons de Mill Bank pour assassinat, et qui, malgré son grand âge, ne cessait de faire des révolutions et de prêcher le meurtre des rois.

Ce bruit avait pénétré jusque dans la petite chambre de Mme Bullen; malgré l'absurdité de cette nouvelle, malgré le peu de ressemblance de son fils avec ce portrait, la pauvre femme était néanmoins portée à reconnaître son enfant dans ce vieux criminel. La conduite bizarre du jeune homme pendant les derniers jours, ses déguisements continuels : oh ! c'était à en devenir folle ! Elle voyait déjà la tête de son Bill entre les mains des bourreaux, et son corps sanglant traîné dans les rues de Paris.

Il était vraiment difficile de calmer cette douleur; mais la véritable consolation ne se fit pas attendre, Bill vint lui-même l'apporter. Soudain il se trouva au milieu de la chambre, couvrant de baisers sa mère, qui pleurait. Elle le tenait dans ses bras, et elle doutait encore, tant elle était disposée à prendre cette apparition pour un fantôme !

Bill lui raconta ses aventures des jours précédents, et, gardant la surprise pour la fin, lui annonça que désormais ils vivraient à Salters-Hall. Elle ne pouvait en croire ses oreilles. Comment ! il existait un homme qui s'occupait de l'avenir de Mme Bullen ! elle qui se serait contentée du sort modeste que l'amour filial lui avait préparé et en aurait remercié Dieu tous les jours ! Aussi accepta-t-elle avec reconnaissance la main qu'on lui tendait, parce que son enfant trouvait par là une position que son activité et son adresse ne lui eussent jamais procurée.

Il ne fallut pas beaucoup de préparatifs pour déménager. Une petite charrette, que Bill, rayonnant de joie, tirait derrière lui, contenait tous les meubles, qui auraient mieux convenu dans le magasin de Joanny qu'à Salters-Hall.

Le lecteur peut imaginer la réception et l'installation chez Robertson; quant à nous, revenons à la demeure de Joanny.

XII

LE CRIME REÇOIT SON CHATIMENT

On se souvient encore du monologue par lequel le fripier prêtait à son complice des intentions criminelles. Quoiqu'il ne l'eût prononcé que pour se disculper lui-même, et sans y croire réellement, c'était pourtant la vérité : Sampson n'attendait que l'occasion favorable de se défaire de son ami, afin d'être le seul héritier du million; mais sa lâcheté hésita trop longtemps, et il fut victime de sa lenteur.

Joanny Smith s'était trompé en croyant avoir tué son rival. Celui-ci, ensanglanté et sans connaissance, était remonté à la surface de l'eau. La main vengeresse de Dieu ne voulait pas qu'il pérît au milieu des vagues ; elle lui conserva la vie et lui permit d'atteindre le rivage.

Quand il revint de son évanouissement, il comprit qu'il avait fini de jouer sur la terre son rôle de fourbe et d'hypocrite ; mais il ne pensait nullement au Juge qui l'attendait au delà du tombeau, ni à l'éternité et à ses effroyables châtiments. Son cœur corrompu n'était rempli que d'une seule pensée, du désir de la vengeance. L'énergie qui, pendant toute sa vie, lui avait manqué pour faire le bien, s'éveillait maintenant pour le mal avec une telle violence, qu'il s'étonna lui-même de ce courage. Rassemblant ses dernières forces, il se traîna sur le bord de la Tamise jusqu'à l'ouverture conduisant aux égouts ; mais il fut bientôt obligé de se reposer, torturé par la crainte de mourir avant d'avoir accompli son projet.

De temps à autre son pouls battait comme s'il était mis en mouvement par de rapides rouages, et, quelques secondes plus tard, on eût dit qu'il allait s'arrêter subitement.

Enfin, sentant revenir son ardeur, il se releva en respirant avec peine et s'avança dans les couloirs obscurs. Son intelligence était merveilleusement lucide ; il marchait sans faire un faux pas, allait directement à son but, et ne s'inquiétait point des rats affamés qui couraient autour de lui et l'auraient volontiers dévoré avant qu'il ne descendît au tombeau. Ses lèvres frémissantes prononçaient d'horribles blasphèmes, maudissant le jour où il avait connu Joanny Smith, l'heure où il avait pour la première fois comploté avec lui l'exécution du vol. Aujourd'hui c'était trop tard, il ne pouvait rien y changer. Une œuvre seule lui restait à accomplir, œuvre de ténèbres, qui n'avait rien de commun avec la pieuse résignation des mourants. Depuis son enfance, il est vrai, Sampson n'avait guère fréquenté les églises, et l'étincelle religieuse que sa mère avait allumée dans son cœur s'était bientôt éteinte au souffle du monde. Son dieu, c'était le grand-livre ; ses commandements, les chiffres que celui-ci contenait ; et encore n'était-il pas même resté fidèle à cette idole, puisqu'il l'avait trahie et vendue à mainte page, comme les vérificateurs des comptes le constatèrent après sa mort.

Parvenu au pied de l'échelle qui conduisait à la maison du fripier, il reprit haleine une seconde fois.

L'ange de la mort profita de cet instant pour le gagner au ciel, et la grâce divine fit descendre un rayon de lumière dans son cœur souillé de péchés.

« S'il y avait une éternité ! pensait-il, si les leçons de ma mère étaient vraies ! Oh ! ce serait terrible : je serais précipité vivant au plus profond des enfers, car j'ai commis une multitude de crimes que la justice terrestre punit elle-même des peines les plus graves. »

Le silence se faisait dans son âme ; il apercevait, au milieu d'un gouffre immense, son corps qui cherchait vainement un appui. A cette vue il poussa un cri terrible. Si l'image de sa mère s'était présentée à ses yeux, elle l'aurait ramené à la religion, à la foi, à la confiance. Mais Satan, qui voyait avec rage ce retour au bien, réveilla l'orgueil et toutes les mauvaises passions qui l'avaient lui-même chassé du paradis.

Le malheureux tendit les mains en grinçant des dents et repoussa la sainte inspiration qui s'était réveillée en lui.

« Ce sont des contes bons pour les enfants, et non pour des hommes qui calculent froidement, se disait-il. Je désirerais une mort plus douce dans la joie et les plaisirs. J'éprouve un profond encouragement en pensant qu'il faut mourir dans la boutique de mon assassin; car j'aurais préféré retourner au néant couché sur un divan moelleux, entouré des jouissances de toutes les parties du monde. Mais à quoi bon! Je l'entraînerai avec moi sans lui laisser récolter le fruit de son crime. »

En entendant ces paroles impies, les anges du ciel se voilèrent la face, et l'enfer poussa un long cri de joie, qui retentit comme le mugissement de la mer lointaine.

Parvenu dans le magasin du fripier, il fouilla dans une place bien connue, en retira un pistolet chargé, s'assit dans un coin, le dos appuyé contre la muraille pour ne pas succomber à la faiblesse, et, l'œil fixé sur la porte, il attendit sa victime.

Les heures cependant s'écoulaient inutilement; depuis longtemps déjà le jour pénétrait à travers les vitres noircies par la poussière, et Sampson était toujours seul.

Ses yeux commençaient à se voiler quand un bruit venant du souterrain éveilla son attention, et la tête de Joanny apparut bientôt au bas du sol.

Le fripier, refermant la trappe derrière lui, s'affaissa comme une masse en murmurant :

« Tout est perdu ! la crainte, la misérable crainte m'a fait perdre un million, et c'est inutilement que ce pauvre Sampson... »

Il s'arrêta, croyant avoir entendu un soupir ; il écouta pendant quelques instants, et comme tout restait tranquille, il reprit à voix basse :

« Adieu le bonheur rêvé ! je puis renoncer à ma tour et continuer mon commerce de vieilles brosses. O vieux Joanny ! te voilà dépouillé de la richesse ! Ne vaudrait-il pas mieux emporter sur le continent ce que j'ai caché là-haut, comme je l'ai dit si souvent à mes pratiques ? »

En apprenant que son ennemi mortel ne jouissait pas de son vol, Sampson mourant ressentit une joie sauvage ; il ne put se contraindre plus longtemps.

« Ah ! fourbe, s'écria-t-il, c'est bien fait ! »

A cet appel lugubre, le fripier se retourna, aperçut son ennemi et poussa un hurlement de frayeur, croyant voir se dresser devant lui le fantôme de Sampson qui voulait l'entraîner dans l'éternité.

« Grâce ! grâce ! dit-il en tombant anéanti.

— Grâce ! » ricana son complice, dont la main tremblante leva le pistolet. Son doigt pressa la détente, une sourde détonation résonna dans le magasin.

Quoique l'arme eût vacillé, malgré les ténèbres qui enveloppaient le moribond en lui cachant son but, la balle frappa Joanny au cœur.

Aussitôt la porte céda au fracas. Le coup de feu enlevait aux gardiens tous leurs scrupules, ils voulurent ouvrir ; et, sous leurs efforts combinés, le bois vermoulu se fendit en deux.

Les voisins pénétrèrent avec les agents de police dans le repaire du crime pour être témoins d'une scène horrible.

On avait espéré saisir deux voleurs, et l'on ne trouvait que deux cadavres couverts de sang.

Les policemen se hâtèrent de les transporter à la morgue.

Que Dieu ait pitié de ces deux âmes !

XIII

ÉPILOGUE

Au début de notre récit, nous avons trouvé Mme Bullen logée dans une cave, qu'elle avait échangée plus tard pour la mansarde de la rue des Fripiers. Allons lui rendre visite à Salters-Hall ; elle y est confortablement installée. Nous n'y rencontrons pas, il est vrai, l'élégance dans toute sa splendeur ; car les commerçants de la City n'ont pas l'habitude de l'introduire dans leurs bureaux et la réservent pour leurs demeures, qui sont vraiment princières. Néanmoins l'appartement de Mme Bullen est très commode. Il est précédé d'une petite cour ombragée de quelques tilleuls. Les arbres sont une si grande rareté dans ce quartier de Londres, qu'il vaut la peine d'en faire mention.

L'appartement se compose de quatre pièces ; peu de personnes peuvent se vanter d'en avoir autant, même quand elles ne sont pas pauvres.

Le petit corridor est couvert d'un épais tapis en fibres de cocotier, sur lequel on marche comme sur du velours, et qui conserve une douce chaleur en hiver. Dans le salon, tendu de belles étoffes, les fenêtres aux vitres brillantes de propreté donnent passage au jour et éclairent un ameublement simple et de bon goût. Au milieu, une table ovale, entourée de douze chaises, semble attendre des convives ; les tapis qui couvrent les parquets sont parsemés de grandes fleurs rouges sur lesquelles Mme Bullen n'ose pas poser le pied. Mais ce qui fait son orgueil, ce sont les longs rideaux suspendus aux fenêtres, et qui témoignent aux passants du confortable de l'intérieur.

Une porte établit une communication avec la cuisine, où la mère de Bill a l'occasion de remettre en pratique sa science culinaire, qu'elle n'exerçait plus depuis plusieurs années. Elle assure que c'est un vrai plaisir d'y travailler ; car il n'y manque rien, et la longue rangée d'assiettes fait tressaillir son cœur de joie.

La troisième chambre est la chambre à coucher. Mais quels lits ! hauts comme des meules de foin; il faut presque une échelle pour y monter ! Des couvertures en piqué blanc les cachent pendant le jour et leur donnent un air de propreté qui réjouit d'autant plus Mme Bullen, que la pauvreté l'avait forcée si longtemps à vivre dans des logis infects.

La dernière chambre est la salle d'étude. « Une

salle d'étude ? » direz-vous. Mais oui : Bill a suivi les conseils de Robertson. D'excellents maîtres viennent chaque jour lui donner des leçons, qui feront du petit balayeur d'autrefois un commerçant distingué.

Vous seriez étonné de sa facilité pour apprendre ; il écrit, il lit, il calcule, et son protecteur lui dit souvent :

« Courage, Bill ; il y a en toi l'étoffe d'un bon négociant. »

C'est ici que nous retrouvons les vieux meubles de la rue des Fripiers, dont Bill ne veut pas se séparer.

« Nous pourrions, dit-il, nous enorgueillir de notre bonheur, comme font tant de parvenus, qui n'ont pas tous les jours sous les yeux les témoins de leur ancienne misère. »

Aujourd'hui la table est abondamment servie. A voir les piles d'assiettes et les nombreuses bouteilles d'ale, de porter et de sherry, on devine que des invités sont attendus.

En effet, la societé sera nombreuse, puisque Bill apporte encore de sa chambre deux chaises vermoulues qu'il place à côté des autres.

On entend des pas : deux hommes et une femme s'avancent sous les tilleuls.

Bill court à leur rencontre et les introduit. Ils ont l'air mal à l'aise dans cet appartement si luxueux, mais le jeune hôte les tire d'embarras en les présentant à sa mère.

« M. Needle, M. Thimble, les braves cœurs qui ont sauvé votre fils des égouts; Mme Needle, l'excellente femme qui m'a ranimé avec du thé et du linge sec. Elle était bien fâchée contre moi ce jour-là, je me suis échappé sans lui raconter mon histoire. Mais j'ai réparé ma faute plus tard. Et voici la bonne Mme Bullen, ma chère mère, qui mériterait un meilleur fils.

— Méchant! fit sa mère en attirant Bill sur son cœur, je n'en trouverais pas un meilleur dans toute la ville de Londres. »

Tandis qu'ils causent ainsi, des voix d'enfants gazouillent dans la cour.

« Les voici! » dit Bill, qui se précipite vers les nouveaux venus en battant des mains.

Une femme, pauvrement vêtue, autour de laquelle sautent sept enfants au teint hâve, entre dans la chambre. Bill les présente en ces termes : « Mes amis du square : Mme Burnett et ses enfants, William, James, Robert, Dick, Anne, Marie et Catherine; ce sont de jeunes commerçants, qui vendent des allumettes et autres choses utiles. Maintenant qu'on a satisfait à l'étiquette, ajouta-t-il, occupons-nous de l'estomac. »

On s'assit autour de la table; les petits enfants surtout ne pouvaient contenir leur joie; jamais ils ne s'étaient trouvés en face de tant de plats.

« Nous sommes treize! s'écrie Mme Bullen, effrayée; ce nombre porte malheur!

— Eh bien! je vais chercher le quatorzième

qui conjurera le mauvais sort, » répond Bill.

Et il revient bientôt avec un monsieur qui pour la première fois de sa vie dîne aujourd'hui en compagnie de gens si pauvres. La gaieté et la bonne humeur brillent cependant dans ses regards : c'est Clifton Robertson.

« Soyez gais, mes amis, leur dit-il, et mangez de bon appétit; Mme Bullen est fière de vous avoir à sa table. »

Les cuillers font entendre leur cliquetis, les verres se choquent, et le bonheur est peint sur tous les visages.

A la fin du repas, Robertson se tourne vers Mme Burnett :

« J'ai là-bas, à Windsor, une maison de campagne avec parc et jardin; il me faudrait une honnête femme pour surveiller la propriété. Jusqu'à présent je n'ai trouvé personne. Je lui donnerais un joli pavillon, un petit jardin et un salaire qui lui permettrait de vivre convenablement et d'élever ses enfants. Ne voudriez-vous pas accepter cette position, madame Burnett ? »

Deux grosses larmes et un signe de tête, ce fut toute la réponse de la pauvre femme, qui ne trouva point de paroles pour exprimer sa reconnaissance.

Robertson comprit ce langage muet. James, William et Robert battirent des mains; Dick s'écria, tout radieux :

« Nous ne vendrons plus d'allumettes ! » Anne et Marie se murmuraient l'une à l'autre : « Si notre mère accepte, nous pourrons courir dans le parc, nous tricoter des bas chauds pour l'hiver, et peut-être aller à l'école. Oh ! ce sera charmant. »

Mme Burnett contemplait ses enfants, les yeux baignés de larmes. Elle les voyait déjà sauter sur le gazon, leurs joues se colorer, leurs corps s'arrondir et se développer. Elle se leva, tendit sa main rude et osseuse à Robertson :

« Dieu vous en récompensera ! » dit-elle. Dans son émotion, elle ne put rien ajouter.

« Ainsi, c'est arrangé, reprit le négociant. Je désire que vous alliez demain à Windsor ; Bill vous accompagnera pour vous présenter à lady Clifton. »

Needle et Thimble n'étaient certainement pas jaloux et félicitaient sincèrement la pauvre femme de son bonheur, sans comprendre cependant comment la fortune pouvait ainsi tomber tout à coup du ciel. Aux yeux de Mme Needle, c'était une merveille aussi incompréhensible que l'avait été autrefois la brusque disparition de Bill.

Mais ce jour semblait être réellement le jour des prodiges; on allait en voir d'autres encore.

Robertson interrogea Needle et Thimble.

« Vous êtes deux hommes courageux, qui avez le cœur sur la main. Sans votre aide, Bill aurait probablement péri dans les égouts. C'eût été dommage pour cette tête intelligente, et très malheureux pour sa mère. D'un autre côté, cela m'aurait causé une perte considérable. Il est donc juste que Bill et moi nous en soyons reconnaissants. C'est d'ailleurs notre désir; mettez-nous sur la bonne voie, et dites ce que nous pouvons faire pour vous. »

Tous deux se taisaient, mais ces paroles leur faisaient grand plaisir.

« C'est toujours ainsi, dit alors Mme Needle ; quand ils peuvent secourir quelqu'un, ils y vont de tout cœur; s'agit-il de parler pour eux-mêmes, ils deviennent muets, aussi bien mon mari que mon frère. Mais si j'osais parler, je dirais bien ce qui peut être agréable à tous deux.

— Parlez, bonne dame, répondit Robertson.

— Eh bien, puisque vous le voulez absolument, continua-t-elle, je vous dirai que vingt livres leur rendraient un grand service. Avec cette somme ils commenceraient un commerce de fourrures, qu'ils étendraient peu à peu, et deviendraient enfin des gens très riches. Il y a plusieurs années déjà qu'ils ont cette idée : n'est-ce pas vrai, Needle?

— Pst! pst! fit celui-ci, ne sois pas si indiscrète. »

Robertson eut bientôt mis fin au débat.

« Ils recevront le double, Madame, répondit-il, et vous aurez une belle robe de soie pour vous seule. »

La robe de soie valait plus à ses yeux que les quarante livres, puisqu'elle devait être sa propriété.

« Excellent, magnifique, monsieur Robertson ! s'écria-t-elle ; je suis donc la première femme de preneur de rats qui portera une robe semblable. »

Dans la prévision de cet article de luxe, elle releva sa jupe de cretonne des deux côtés, et se pavana aussi gravement que si elle eût été Mme Clifton.

« Comment va ma robe, Needle ? dit-elle; regarde si elle fait des plis. »

Bill trouva si plaisante cette promenade d'une robe qu'elle ne possédait pas encore, qu'il partit d'un éclat de rire et cria de sa voix de ventriloque :

« Madame Needle, il y a derrière vous un gamin qui coupe votre robe avec un canif ! »

A ce cri, elle se retourna pour donner à l'effronté gamin que l'on signalait un soufflet qui retomba sur la joue de Thimble.

La nuit était déjà très avancée quand tous les invités prirent congé de Bill et de sa mère en remerciant l'excellent Robertson.

Nous allons en faire autant, après avoir dit encore quelques mots des succès de Bill. Grâce à sa vive intelligence, à son adresse et à son amour du travail, il devint bientôt un habile apprenti. M. Robertson le fit passer par tous les grades, car il avait l'habitude de dire : « Pour devenir un bon commerçant, il faut faire son apprentissage d'un bout à l'autre. » Bill, de son côté, ne négligeait rien pour contenter son bienfaiteur, et Robertson prétendait que cet enfant était son chef-d'œuvre.

Bien que le millionnaire fût à la fleur de l'âge, il se retira des affaires, et au-dessus de la raison sociale *Clifton Robertson* on pouvait en lire une autre, en plus petits caractères, que l'on ne remarquait pas au premier coup d'œil, ce qui sans doute avait été fait avec intention, parce que l'ancienne jouissait partout d'une bonne renommée, tandis que la nouvelle devait encore subir l'épreuve du feu. Celle-ci portait l'inscription :

BILL BULLEN.

Dans la suite, le jeune propriétaire reçut en cadeau de son prédecesseur des sommes si importantes, que la première enseigne disparut complètement. Bill devint riche en peu d'années. On prétendait que son meilleur client était le prince Albert, dans le parterre duquel il avait pénétré autrefois sur la terrasse de Windsor, à la grande frayeur des gardiens.

Malgré ses richesses et sa haute position, Bill a pour sa vieille mère les soins les plus affectueux, et Robertson estime cet amour filial aussi haut que le sauvetage de son million.

FIN

TABLE

20241. — Tours, impr. Mame.

www.ingramcontent.com/pod-product-compliance
Ingram Content Group UK Ltd.
Pitfield, Milton Keynes, MK11 3LW, UK
UKHW021048230726
13926UKWH00004B/1728